从明天起做一个幸福的人

海子经典诗选

海子——著
赵思运——编

SPM
南方出版传媒
广东人民出版社
·广州·

图书在版编目（CIP）数据

从明天起，做一个幸福的人：海子经典诗选 / 海子著；赵思运编
. -- 广州：广东人民出版社，2019.5
ISBN 978-7-218-11580-1

Ⅰ. ①从… Ⅱ. ①海… ②赵… Ⅲ. ①诗集－中国－当代 Ⅳ.
① I227

中国版本图书馆 CIP 数据核字 (2019) 第 058466 号

Cong Ming Tian Qi, Zuo Yi Ge Xing Fu De Ren: Hai Zi Jing Dian Shi Xuan
从明天起，做一个幸福的人：海子经典诗选

海 子 著　　赵思运 编

出 版 人：肖风华

责任编辑：向路安
封面设计：广　岛
责任技编：周　杰　吴彦斌

出版发行：广东人民出版社
地　　址：广州市大沙头四马路 10 号（邮政编码：510102）
电　　话：（020）85716809（总编室）
传　　真：（020）83780199
网　　址：http://www.dpph.com
印　　刷：北京金特印刷有限责任公司
开　　本：889 毫米 ×1194 毫米　1/32
印　　张：9　　字　数：150 千
版　　次：2019 年 5 月第 1 版　2019 年 5 月第 1 次印刷
定　　价：56.00 元

总序

去年七月的某个下午，北京领读文化公司瑞锋君南来找到我，几句寒暄后，我们算是认识了。他约我做点策划，我也随口答应了。那天因为忙，我们只是匆匆见个面。不久，瑞锋君再次来访，适逢周末，我们有了一个较长时间的交流。他虽是八零后，但其出版理念，多与我不谋而合，且有很多共同的文化界朋友，于是我们谈得很投缘。他想出一套中国现当代名家经典选本，邀我共襄盛举。

也许可以说，中国新文化运动以来的百年文学都属于现当代文学。要在浩如烟海的文字中挑选中意的作家，也许不难，但要选出这些名家最有范儿的文字，而又适合快节奏的当下阅读，却是不容易的。这些名家都经历过二十世纪的洗礼，无论其左其右，无论主客观意愿如何，都曾遭遇过，被洪流裹挟过。他们的文字，也许是多面的；然而人性都是相通的，对真善美的向往都是共同的。紧扣这个主旨，选出的篇章，读来自然温馨而别致。

但凡选本，选家尤其重要。恕我直说，当下的书市，良莠不齐，堪称杂乱，真正的上品，寥寥无几。不敢说，这个选本就是最好的，但我们追求的肯定是至善至美。我们邀约的编选者大都是名家，在学界或读书界都有很高的知名度，其中不少还是学界的大佬，或写过这些作家的传记，或以研究这些名家为志趣，或是大名鼎鼎的编辑家。可以说，他们都是圈内外或读书界影响不凡的选家。结集的文字，既能悦人耳目，又能耐人寻思，情趣盎然。

“星辰”这名是瑞锋君起的，我觉得好。这些名家的作品，如同星辰一样可照亮每个人的精神夜空；也寓意我们的前景美好，所谓“我们的征途是星辰大海”。当然还有“寥落星辰”之说，难免如黎明前，虽有淡淡的雾霭，时而晦暗，但光芒万丈的日出还会遥远吗?

书中没有颜与玉，但书能慰抚我们受伤的心灵；哪怕深陷茫茫黑夜，只要有一豆之光，也能滋润着温暖和希望。

向继东

二〇一九年三月于羊城一隅

目

Contents

录

黑夜的献诗

——献给黑夜的女儿

黑夜从大地上升起
遮住了光明的天空
丰收后荒凉的大地
黑夜从你内部上升

你从远方来，我到远方去
遥远的路程经过这里
天空一无所有
为何给我安慰

丰收之后荒凉的大地
人们取走了一年的收成
取走了粮食骑走了马
留在地里的人，埋得很深

草杈闪闪发亮，稻草堆在火上
稻谷堆在黑暗的谷仓
谷仓中太黑暗，太寂静，太丰收

也太荒凉，我在丰收中看到了阎王的眼睛

黑雨滴一样的鸟群
从黄昏飞入黑夜
黑夜一无所有
为何给我安慰

走在路上
放声歌唱
大风刮过山冈
上面是无边的天空

1989.2.2

最后一夜和第一日的献诗

今夜你的黑头发
是岩石上寂寞的黑夜，
牧羊人用雪白的羊群
填满飞机场周围的黑暗

黑夜比我更早睡去
黑夜是神的伤口
你是我的伤口
羊群和花朵也是岩石的伤口

雪山　用大雪填满飞机场周围的黑暗
雪山　女神吃的是野兽穿的是鲜花
今夜　九十九座雪山高出天堂
使我彻夜难眠

1989.1.16草稿
1989.1.24改

献诗

黑夜降临，火回到一万年前的火
来自秘密传递的火　他又是在白白地燃烧
火回到火　黑夜回到黑夜　永恒回到永恒
黑夜从大地上升起　遮住了天空

1989

太平洋上的贾宝玉

贾宝玉　太平洋上的贾宝玉
太平洋上：粮食用绳子捆好
贾宝玉坐在粮食上

美好而破碎的世界
坐在食物和酒上
美好而破碎的世界，你口含宝石
只有这些美好的少女，美好而破碎的世界，旧世界
只有茫茫太平洋上这些美好的少女
太平洋上粮食用绳子捆好
从山顶洞到贾宝玉用尽了多少火和雨

1989

献给太平洋

我的婚礼染红太平洋
我的新娘是太平洋
连亚洲也是我悲伤而平静的新娘
你自己的血染红你内部孤独的天空

上帝悲伤的新娘，你自己的血染红
天空，你内部孤独的海洋
你美丽的头发
像太平洋的黄昏

1989.2

太平洋的献诗

太平洋　丰收之后的荒凉的海
太平洋　在劳动后的休息
劳动以前　劳动之中　劳动以后
太平洋是所有的劳动和休息

茫茫太平洋　又混沌又晴朗
海水茫茫　和劳动打成一片
和世界打成一片
世界头枕太平洋
人类头枕太平洋　雨暴风狂
上帝在太平洋上度过的时光　是茫茫海水隐含不露的希望

太平洋没有父母　在太阳下茫茫流淌　闪着光芒
太平洋像是上帝老人看穿一切、眼角含泪的眼睛

眼泪的女儿，我的爱人
今天的太平洋不是往日的海洋

今天的太平洋只为我流淌　为着我闪闪发亮

我的太阳高悬上空　照耀这广阔太平洋

1989.2.2

献诗

废弃不用的地平线
为我在草原和雪山升起
脚下尘土黑暗而温暖
大地也将带给我天堂的雷电

家乡的屋顶下摆满了结婚的酒席
陪伴我的全是海水和尘土，全是乡亲
今天，太阳的新娘就是你
太平洋上唯一的人，远在他方

1989.2.9

夜色

在夜色中

我有三次受难：流浪、爱情、生存

我有三种幸福：诗歌、王位、太阳

1988.2.28夜

粮食

埋着猎人的山冈

是猎人生前唯一的粮食

粮食

是图画中的妻子

西边山上

九只母狼

东边山上

一轮月亮

反复抱过的妻子是枪

枪是沉睡爱情的村庄

（写作时间不详）

村庄

村庄里住着
母亲和儿子
儿子静静地长大
母亲静静地注视

芦花丛中
村庄是一只白色的船
我妹妹叫芦花
我妹妹很美丽

1984

村庄

村庄，在五谷丰盛的村庄，我安顿下来
我顺手摸到的东西越少越好！
珍惜黄昏的村庄，珍惜雨水的村庄
万里无云如同我永恒的悲伤

1986

无题

给我粮食
给我婚礼
给我星辰和马匹
给我歌曲
给我安息！

我的生日
这是位美丽的
折磨人的女俘虏
坐在故乡的打麦场上

在月光下
使村子里的二流子
如痴如醉！

（写作时间不详）

麦地

吃麦子长大的

在月亮下端着大碗

碗内的月亮

和麦子

一直没有声响

和你俩不一样

在歌颂麦地时

我要歌颂月亮

月亮下

连夜种麦的父亲

身上像流动金子

月亮下

有十二只鸟

飞过麦田

有的衔起一颗麦粒
有的则迎风起舞，矢口否认

看麦子时我睡在地里
月亮照我如照一口井
家乡的风
家乡的云
收聚翅膀
睡在我的双肩

麦浪——
天堂的桌子
摆在田野上
一块麦地

收割季节
麦浪和月光
洗着快镰刀

月亮知道我
有时比泥土还要累
而羞涩的情人

眼前晃动着
麦秸

我们是麦地的心上人
收麦这天我和仇人
握手言和
我们一起干完活
合上眼睛，命中注定的一切
此刻我们心满意足地接受

妻子们兴奋地
不停用白围裙
擦手

这时正当月光普照大地。
我们各自领着
尼罗河、巴比伦或黄河
的孩子　在河流两岸
在群蜂飞舞的岛屿或平原
洗了手
准备吃饭

就让我这样把你们包括进来吧

让我这样说

月亮并不忧伤

月亮下

一共有两个人

穷人和富人

纽约和耶路撒冷

还有我

我们三个人

一同梦到了城市外面的麦地

白杨树围住的

健康的麦地

健康的麦子

养我性命的麦子！

1985.6

乳房

在城外荒山野岭之上
四季之风常吹的地方
柔和甘美的蜜形成

1988.4

肉体（之一）

在甜蜜果仓中
一枚松鼠肉体般甜蜜的雨水
穿越了天空　蓝色
的羽翼

光芒四射

并且在我的肉体中
停顿了片刻

落到我的床脚
在我手能摸到的地方
床脚变成果园温暖的树桩

它们抬起我
在一只飞越山梁的大鸟
我看见了自己
一枚松鼠肉体

般甜蜜的雨水

在我的肉体中停顿

了片刻

1986.6

肉体（之二）

肉体美丽
肉体是树林中
唯一活着的肉体
肉体美丽

肉体，远离其他的财宝
远离其他的神秘兄弟

肉体独自站立
看见了鸟和鱼

肉体睡在河水两岸
雨和森林的新娘
睡在河水两岸

垂着谷子的大地上
太阳的肉体
一升一落，照耀四方

像寂静的
节日的
财宝和村庄
照耀

只有肉体美丽

野花，太阳明亮的女儿
河川和忧愁的妻子
感激肉体来临
感激灵魂有所附丽
（肉体是野花的琴
盖住骨骼的酒杯）

感激我自己沉重的骨骼
也能做梦

肉体是河流的梦
肉体看见了采茴香的人迎着泉水

肉体美丽

肉体是树林中

唯一活着的肉体

死在树林里

迎着墓地

肉体美丽

1986

民间艺人

平原上有三个瞎子
要出远门

红色的手鼓在半夜
突然敲响

并没有死人
并没有埋下枣木拐杖

敲响，敲响
心在最远的地方沉睡

平原上有三个瞎子
要出远门

那天夜里
摸黑吃下高粱饼

1984.11

熟了麦子

那一年
兰州一带的新麦
熟了

在水面上
混了三十多年的父亲
回家来

坐着羊皮筏子
回家来了

有人背着粮食
夜里推门进来

油灯下
认清是三叔

老哥俩
一宵无言

只有水烟锅

咕噜咕噜

谁的心思也是

半尺厚的黄土

熟了麦子呀！

1985.1.20

麦地与诗人

询问

在青麦地上跑着
雪和太阳的光芒

诗人，你无力偿还
麦地和光芒的情义

一种愿望
一种善良
你无力偿还

你无力偿还
一颗放射光芒的星辰
在你头顶寂寞燃烧

答复

麦地
别人看见你

觉得你温暖，美丽

我则站在你痛苦质问的中心

被你灼伤

我站在太阳痛苦的芒上

麦地

神秘的质问者啊

当我痛苦地站在你的面前

你不能说我一无所有

你不能说我两手空空

麦地啊，人类的痛苦

是他放射的诗歌和光芒！

1987

麦地（或遥远）

发自内心的困扰　饱含麦粒的麦地
内心暴烈
麦粒在手上缠绕

麦粒　大地的裸露
大地的裸露　在家乡多孤独
坐在麦地上忘却粮仓　歉收或充盈的痛苦
谷仓深处倾吐一句真挚的诗　亲人的询问

幸福不是灯火
幸福不能照亮大地
大地遥远　清澈镌刻
痛苦
海水的光芒
映照在绿色粮仓上
鱼鲜撞动

沙漠之上的雪山

天空的刀刃

冰川　散开大片羽毛的光

大片的光　在河流上空　痛苦地飞翔

（写作时间不详）

海上

所有的日子都是海上的日子
穷苦的渔夫
肉疙瘩像一卷笨拙的绳索
在波浪上展开
想抓住远方
闪闪发亮的东西
其实那只是太阳的假笑
他抓住的只是几块会腐烂的木板：
房屋、船和棺材

成群游来鱼的脊背
无始无终
只有关于青春的说法
一触即断

1984.6

新娘

故乡的小木屋、筷子、一缸清水
和以后许许多多日子
许许多多告别
被你照耀

今天
我什么也不说
让别人去说
让遥远的江上船夫去说
有一盏灯
是河流幽幽的眼睛
闪亮着
这盏灯今天睡在我的屋子里

过完了这个月，我们打开门
一些花开在高高的树上
一些果结在深深的地下

1984.7

琴

古木头
在操刀的手下
成琴

或者出自兽皮
兽皮本是蓝色雪水的一弦一脉

琴是我的病床
或者是新婚之床
但我没有新娘

风中少女，像装着水果的篮子
一年一度躺在琴上，生病
一年一度李子打头
一直平常的我
如今更平常

（写作时间不详）

诗经中的两个儿子及其他

桑中的
两个儿子
如山如河

不会在木中
不会在水中
两个儿子
心头动了
被水害了

我像一位村长
手持玉米
坐在原野中央
雪花纷飞的原野中央

长子和公主们
戴着玉米戒指的手
用来清点水罐

的十位数字。

爱过大海的女人

听见了海中

村长的声音。

半截泡在沙滩上

太阳或者钞票上彩色的狗

啃你的脚背

你不用算命

命早就在算你

（写作时间不详）

秋天

秋天红色的膝盖
跪在地上
小花死在回家的路上
泪水打湿
鸽子的后脑勺

一位少年去摘苹果树上的灯

植物没有眼睛
挂着冬天的身份牌
一条干涸的河
是动物的最后情感

一位少年人去摘苹果树上的灯[1]

我的眼睛
黑玻璃，白玻璃
证明不了什么

① 本行“少年人”，原稿如此。——编者注

秋天一定在努力地忘记着

嘴唇吹灭很少的云朵

一位少年去摘苹果树上的灯

1984.11

中国器乐

锣鼓声
锵锵
音乐的墙壁上所有的影子集合
去寻找一个人
一个善良的主人
锵锵
去寻找中国老百姓
泪水锵锵
中国器乐用泪水寻找中国老百姓
秦腔
今夜的闪电
一条条
跳入我怀中，跳入河中

蛇皮二胡拉起。
南瓜地里沾满红土的
孩子思乳的哭声
夜空漫漫长长

哭吧

鱼含芦苇

爬上岸来准备安慰

但是

哭吧

瞎子阿炳站在泉边说

月亮今夜也哭得厉害

断断续续的口弦声钻入港口的外国船舱

第一水手呆了

第二水手呆了

那些歌曲钉在黄发水手的脑袋上

1984.11

煤堆

煤堆

闯进冬天的

黑色主人

拉着大家的手

径直走进房屋

火

闪着光

把病牛牵进来！

它像一片又瘦又长的树叶

落上稻草：唉，这没有泥土的日子

但是煤说：

火

闪着光

1984.11

自画像

镜子是摆在桌上的
一只碗
我的脸
是碗中的土豆
嘿，从地里长出了
这些温暖的骨头

1984

妻子和鱼

我怀抱妻子
就像水儿抱鱼
我一边伸出手去
试着摸到小雨水，并且嘴唇开花

而鱼是哑女人
睡在河水下面
常常在做梦中
独自一人死去

我看不见的水
痛苦新鲜的水
流过手掌和鱼
流入我的嘴唇

水将合拢
爱我的妻子
小雨后失踪
水将合拢

没有人明白她水上
是妻子水下是鱼
或者水上是鱼
水下是妻子

离开妻子我
自己是一只
装满淡水的口袋
在陆地上行走

（写作时间不详）

思念前生

庄子在水中洗手
洗完了手，手掌上一片寂静
庄子在水中洗身
身子是一匹布
那布上沾满了
水面上漂来漂去的声音

庄子想混入
凝望月亮的野兽
骨头一寸一寸
在肚脐上下
像树枝一样长着

也许庄子就是我
摸一摸树皮
开始对自己的身子
亲切
亲切又苦恼

月亮触到我

仿佛我是光着身子
光着身子
进出

母亲如门，对我轻轻开着

（写作时间不详）

燕子和蛇（组诗）

1. 离合

美丽在春天
疼成草叶

一种三节的草
爱你成病

美丽在天上
鸟是拖鞋

长草的拖鞋
嘴埋在水里

美丽在水里
鱼是草的棺材

一种草
一种心尖上的草

美丽在草原上

枕着鹿头

2. 三位姑娘

——写给莱蒙托夫不幸的爱情

我看见

莱蒙托夫的旧报纸上

三只燕子

三只肉体的燕子

使我的灯光

受伤

用手指推推

不醒的

你自己

扶着自己

像扶着一匹笨马

用手指推推身边的燕子：我不是

灯，我是火灾

燕子交叉地

穿过

诗人的胳膊

落入家具的间间新房

只当诗人就是笨马

过早地死在□上[①]

3. 包谷地

丑女人脊背上有条条花蛇

花蛇滑下，她就坐在那儿繁殖包谷

幸福又痛苦

我要说

没有男人能配得上她

丑女人脊背上有种种命运

命运降临，她只坐在那儿繁殖包谷

河水泛滥流过无数美丽的女人

我要说

没有女人能比得上她

① 原稿中有脱字。——编者注

4. 母亲的姻缘

一碗泥
一碗水
半截木梳插在地上
母亲的姻缘
真是好姻缘

村庄，村庄
木桶中女婴摇晃
村庄，村庄
母亲的姻缘
真是好姻缘

鱼尾之上
灯盏敲门
一团泥巴走进屋来
母亲的姻缘
真是好姻缘

白鱼流过
桃树树根

嘴唇碰破在桃花上

母亲的姻缘

真是好姻缘

秤杆上天空的星星压住

半两土

半两雪

母亲的姻缘

真是好姻缘

她沉在何方

谁也不清楚

村庄中一枚痛苦的小戒指

母亲的姻缘

真是好姻缘

5. 手

离开劳动

和爱情，我的手

变成自我安慰的狗

这两只狗

一样的

孤独

在我脸上摸索

擦掉泪水

这是不是我的狗

是不是我最后的家乡的狗？

6. 鱼

村民像牛一样撞进屋子，亲他的妻子

又数着

十二粒麦种

内陆深处

我跪在一条鱼身上

整个村庄是我的儿子

再长的爱情也不算久

噢你刚好被我想起

我在鱼身上写下少女的名字

一边询问一边自己回答

女巫的嘴唇一开一合

真诚的爱情

真诚的爱情错误百出
整个村庄是你的儿子

河流噢河
再美的爱情也不像花朵
人类的泪水养家糊口
人类的泪水中
鱼群像草一样生长
泪水噢河
整个村庄是我们的儿子
村民像牛一样撞进屋子，亲他的妻子

（写作时间不详）

活在珍贵的人间

活在这珍贵的人间
太阳强烈
水波温柔
一层层白云覆盖着
我
踩在青草上
感到自己是彻底干净的黑土块

活在这珍贵的人间
泥土高溅
扑打面颊
活在这珍贵的人间
人类和植物一样幸福
爱情和雨水一样幸福

1985.1.12

浑曲

妹呀

竹子胎中的儿子
木头胎中的儿子
就是你满头秀发的新郎

妹呀

晴天的儿子
雨天的儿子
就是滚遍你身体的新娘

妹呀

吐出香鱼的嘴唇
航海人花园一样的嘴唇
就是咬住你的嘴唇

（写作时间不详）

你的手

北方
拉着你的手
手
摘下手套
她们就是两盏小灯

我的肩膀
是两座旧房子
容纳了那么多
甚至容纳过夜晚
你的手
在他上面
把他们照亮

于是有了别后的早上
在晨光中
我端起一碗粥
想起隔山隔水的

北方

有两盏灯

只能远远地抚摸

1985.2

得不到你

得不到你
我用河水做成的妻子
得不到你
我的有弱点的妇女

得不到你
妻子滑动河水
情意泥沙俱下

其余的家庭成员俯伏在锅勺上
得不到你
有弱点的爱情

我们确实被太阳烧焦，秋天内外
我不能再保护自己
我不能再
让爱情随便受伤

得不到你

但我同时又在秋天成亲

歌声四起

1985.11.11

日光

梨花
在土墙上滑动
牛铎声声

大婶拉过两位小堂弟
站在我面前
像两截黑炭

日光其实很强
一种万物生长的鞭子和血！

（写作时间不详）

我请求：雨

我请求熄灭
生铁的光、爱人的光和阳光
我请求下雨
我请求
在夜里死去

我请求在早上
你碰见
埋我的人

岁月的尘埃无边
秋天
我请求：
下一场雨
洗清我的骨头

我的眼睛合上
我请求：

雨

雨是一生过错

雨是悲欢离合

1985.3

为了美丽

为了美丽
我砸了一个坑
也是为了下雨

清亮的积水上
高一只
低一只
小雨儿如鸟

羽毛湿湿
掀动你的红头巾
都是为了美丽

摸着裤带的小男孩
那时刻
戴一只黑帽子

1985.1

打钟

打钟的声音里皇帝在恋爱
一枝火焰里
皇帝在恋爱

恋爱，印满了红铜兵器的
神秘山谷
又有大鸟扑钟
三丈三尺翅膀
三丈三尺火焰

打钟的声音里皇帝在恋爱
打钟的黄脸汉子
吐了一口鲜血
打钟，打钟
一只神秘生物
头举黄金王冠
走于大野中央

“我是你爱人

我是你敌人的女儿

我是义军的女首领

对着铜镜

反复梦见火焰”

钟声就是这枝火焰

在众人的包围中

苦心的皇帝在恋爱

1985.5

蓝姬的巢

木塔那儿
一共有两个人
蓝姬她是一张小圆脸
蓝姬的丈夫是一位卖高粱的皇帝

卖高粱的人民币
买来了一面小鼓
围着小巢敲击
鼓点声大
雨点声小
蓝姬如一只雪雁
今夜又栖
爱人的嘴唇

巢
如果我公开
我自己秘密的小巢
一定会有许多耳朵凑上来
散布消息

水中一对鱼夫妻

手捉手

走过桥洞去

挂巢之树

结梨三只……

蓝姬指着前后左右

十字星是自己的丈夫

1985.5

莲界慈航

七叶树下
九根香
照见菩萨的
第一次失恋

你盘坐莲花

女友像鱼
游过钟的身边
我警告你
要假设一个情人

莲花轻轻摇动

你不需要香火
你知道合掌无用
没有一位好心肠的男青年
偷偷送来鞋子

你盘坐莲花

对面墙壁上
爱情是两只老虎
如果你愿意
爱情确实是老虎

莲花轻轻摇动

1985.5

夜月

一扇又一扇门
推开树林
太阳把血
放入灯盏

河静静卧在
人的村庄
人居住的地方
人的门环上

鸟巢挂在
离人间八尺
的树上
我仿佛离人间二丈

一切都原模原样
一切都存入
人的
世世代代的脸，一切不幸

我仿佛

一口祖先们

向后代挖掘的井

一切不幸都源于，我幽深的水

1985.6.19

给母亲（组诗）

1. 风

风很美　果实也美
小小的风很美
自然界的乳房也美

水很美　水啊
无人和你
说话的时刻很美

你家中破旧的门
遮住的贫穷很美

风　吹遍草原
马的骨头　绿了

2. 泉水

泉水　泉水
生物的嘴唇

蓝色的母亲

用肉体

用野花的琴

盖住岩石

盖住骨头和酒杯

3. 云

母亲

老了，垂下白发

母亲你去休息吧

山坡上伏着安静的儿子

就像山腰安静的水

流着天空

我歌唱云朵

雨水的姐妹

美丽的求婚

我知道自己颂扬情侣的诗歌没有了用场

我歌唱云朵

我知道自己终究会幸福

和一切圣洁的人
相聚在天堂

4. 雪

妈妈又坐在家乡的矮凳子上想我
那一只凳子仿佛是我积雪的屋顶

妈妈的屋顶
明天早上
霞光万道
我要看到你
妈妈，妈妈
你面朝谷仓
脚踏黄昏
我知道你日见衰老

5. 语言和井

语言的本身
像母亲
总有话说，在河畔

在经验之河的两岸

在现象之河的两岸

花朵像柔美的妻子

倾听的耳朵和诗歌

长满一地

倾听受难的水

水落在远方

1984；1985改；1986再改

九盏灯（组诗）

1. 少年儿子怀孕

呕吐的儿子　低音的鼓
伏在海水深处

而离你身体更近[①]
也就胀破了大地

一片草蛾
青草破了
他破在一个怀孕的花上

2. 月亮

海底下的大火，经过山谷中的月亮
经过十步以外的少女
风吹过月窟
少女在木柴上
每月一次，发现鲜血

① 原稿中“身体”写成“离题”。——编者注

海底下的大火咬着她的双腿
我看见远离大海的少女
脸上大火熊熊

八月的月窟同样大火熊熊
背负积水的少女走进痛苦的树林
那鲜血淋注的木柴排成的漆黑的树林

3. 初恋

在月亮上我双手捂住眼睛
在水滴中我双手捂住眼睛
月亮上一个丫头昏睡不醒
月亮上一个丫头明亮的眼睛
月亮上我披衣而起　身如水滴

4. 失恋之夜

我轻轻走过去关上窗户
我的手扶着自己　像清风扶着空空的杯子
我摸黑坐下　询问自己
杯中幸福的阳光如今何在?

我脱下破旧的袜子
想一想明天的天气

我的名字躺在我身边
像我重逢的朋友
我从没有像今夜这样珍惜自己

1985；1986

我坐在一棵木头中

我坐在一棵木头中，如同多年没有走路的瞎子

忘却了走路的声音

我的耳朵是被春天晒红的花朵和虫豸

（写作时间不详）

马（断片）

0.

……而你无知的母亲
还是生下了你
总有一天
你我相遇
而那无知的马受惊的马一跃而起
踏碎了我

1.

太阳，吐血的母马
她一头倒在
我身上
我全身起了大火

因此我四肢在空中燃烧，翻腾
碰到一匹匹受伤的马阵亡的马
你还在上面，还在上面
我的沉重的身子却早在下沉

一路碰撞

接着双手摸到的只有更低处的谷子

还有平原的谷仓

你还在上面，在上面，而平原的谷仓坍塌

匆匆把我掩埋

2.

燃烧的马，拉着尸体，冲出了大地

所行的路上

大马的头颅

拖着人头

晃动

如几株大麦

挡不住！

3.

当另一批白色马群来到

破门而入

倒在你室内的地上

久久昏睡不醒

久久

要知道
她们跑过了许多路
她们——
我诗歌的女儿
就只好破门而入

蒙古的城市噢
青色的城

4.

我就是那疯狂的、裸着身子
　　驮过死去诗人的
　　马
整座城市被我的创伤照亮
斜插在我身上无数箭枝
被血浸透
就像火红的玉米

1986

春天（断片）

0.

一匹跛了多年的
红色小马
躺在我的小篮子里
故乡晴空万里
故乡白云片片
故乡水声汩汩
我的红色小马躺在小篮子里
就像我手心的红果实
听不见窗户下面
生锈的声音

就像一把温暖的果实

1.

我的头随草起伏
如同纸糊的歪灯

我的胳膊是
一条运猫的小船
停在河岸
一条草
看见走过来的
干净的身子
不多

2.

远方寂寞的母亲
也只有依靠我这
负伤的身体。母亲
望着猎户消匿的北方
刮断梅花
窗户长久地存满冰块
村子中间
淘井的门前
说话的依旧在轻声说话
树林中孤独的父亲
正对我的弟弟细细讲清：

你去学医
因为你哥哥
那位受伤的猎户
星星在他脸上
映出船样的伤疤

3.

两个温暖的水勺子中
住着一对旧情人

4.

突然想起旧砖头很暖和
想起河里的石子
磨过森林的古鹿之唇
想起青草上花朵如此美丽如此平庸
背对着短树枝
你只有泪水没有言语

而我
手缠树叶

春天的阳光晒到马尾

马的屁股温暖得像一块天上落下的石头

5.

春天是农具所有者的春天

长花短草

贴河而立

这些都是在诗人的葬礼上

隔水梦见一扇门

诗人家中的丑丫头

嫁在南山上

6.

最后的夜雪如孩

手指拨开水

我就在这片乌黑的屋顶上坐下

是不是这片村庄

是不是这个夜晚

有人在头顶扔下

一匹蓝色大马

就把我埋在

这匹蓝色大马里

7.

有伤的季节

拖着尾巴

来到

大家来到

我肉体的外面

1986

幸福（或我的女儿叫波兰）

当我俩同在草原晒黑
是否饮下这最初的幸福　最初的吻

当云朵清楚极了
听得见你我嘴唇
这两朵神秘火焰

这是我母亲给我的嘴唇
这是你母亲给你的嘴唇
我们合着眼睛共同啜饮
像万里洁白的羊群共同啜饮

当我睁开双眼
你头发散乱
乳房像黎明的两只月亮

在有太阳的弯曲的木头上
晾干你美如黑夜的头发

（写作时间大约1986年）

我的窗户里埋着一只为你祝福的杯子

那是我最后一次想起中午
那是我沉下海水的尸体
回忆起的一个普通的中午

记得那个美丽的
穿着花布的人
抱着一扇木门
夜里被雪漂走

梦中的双手
死死捏住火种

八条大水中
高喊着爱人

小林神，小林神
你在哪里

（写作时间不详）

从六月到十月

六月积水的妇人，囤积月光的妇人
七月的妇人，贩卖棉花的妇人
八月的树下
洗耳朵的妇人
我听见对面窗户里
九月订婚的妇人
订婚的戒指
像口袋里潮湿的小鸡
十月的妇人则在婚礼上
吹熄盘中的火光，一扇扇漆黑的木门
飘落在草原上

1986.6.19

死亡之诗（之一）

漆黑的夜里有一种笑声笑断我坟墓的木板
你可知道，这是一片埋葬老虎的土地

正当水面上渡过一只火红的老虎
你的笑声使河流漂浮
的老虎
断了两根骨头
正当这条河流开始在存有笑声的黑夜里结冰
断腿的老虎顺流而下，来到我的
窗前

一块埋葬老虎的木板
被一种笑声笑断两截

（写作时间不详）

死亡之诗（之二：采摘葵花）

——给凡·高的小叙事：自杀过程

雨夜偷牛的人
爬进了我的窗户
在我做梦的身子上
采摘葵花

我仍在沉睡
在我睡梦的身子上
开放了彩色的葵花
那双采摘的手
仍像葵花田中
美丽笨拙的鸽子

雨夜偷牛的人
把我从人类
身体中偷走
我仍在沉睡
我被带到身体之外
葵花之外，我是世界上

第一头母牛（死的皇后）
我觉得自己很美
我仍在沉睡

雨夜偷牛的人
于是非常高兴
自己变成了另外的彩色母牛
在我的身体中
兴高采烈地奔跑

（写作时间不详）

自杀者之歌

伏在下午的水中
窗帘一掀一掀
一两根树枝伸过来
肉体，水面的宝石
是对半分裂的瓶子
瓶里的水不能分裂

伏在一具斧子上
像伏在一具琴上

还有绳索
盘在床底下
林间的太阳砍断你
像砍断南风

你把枪打开，独自走回故乡
像一只鸽子
倒在猩红的篮子上

（写作时间不详）

黎明

黎明以前的深水杀死了我。

月光照耀仲夏之夜的脖子
秋天收割的脖子。我的百姓

秋天收起八九尺的水
水深杀我，河流的丈夫
收起我黎明之前的头

黎明之前的亲人抱玉入楚国
唯一的亲人
黎明之前双腿被砍断

秋天收起他的双腿
像收起八九尺的水

那是在五月。黎明以前的深水杀死了我

1986.6.20

天鹅

夜里，我听见远处天鹅飞越桥梁的声音
我身体里的河水
呼应着她们

当她们飞越生日的泥土、黄昏的泥土
有一只天鹅受伤
其实只有美丽吹动的风才知道
她已受伤。她仍在飞行

而我身体里的河水却很沉重
就像房屋上挂着的门扇一样沉重
当她们飞过一座远方的桥梁
我不能用优美的飞行来呼应她们

当她们像大雪飞过墓地
大雪中却没有路通向我的房门
——身体没有门——只有手指
竖在墓地，如同十根冻伤的蜡烛

在我的泥土上

在生日的泥土上

有一只天鹅受伤

正如民歌手所唱

（写作时间不详）

黄金草原

草原上的羊群
在水泊上照亮了自己
像白色温柔的灯
睡在男人怀抱中

而牧羊人来自黄金草原
头颅像一颗树根
把羊抱进谷仓里
然后面对黄金和酒杯
称呼你为女人

女人，我知心的朋友
风吹来风吹去
你如星的名字
或者羊肉的腥

你在山崖下睡眠
七只绵羊七颗星辰

你含在我口中似雪未化

你是天空上的羊群

（写作时间不详）

九月

目击众神死亡的草原上野花一片
远在远方的风比远方更远
我的琴声呜咽　泪水全无
我把这远方的远归还草原
一个叫马头　一个叫马尾
我的琴声呜咽　泪水全无

远方只有在死亡中凝聚野花一片
明月如镜高悬草原映照千年岁月
我的琴声呜咽　泪水全无
只身打马过草原

1986

雨

打一只火把走到船外去看山头被雨淋湿的麦地
又弱又小的麦子

然后在神像前把火把熄灭
我们沉默地靠在一起
你是一个仙女，住在庄园的深处

月亮　你寒冷的火焰　你雨衣中裸体少女依然新鲜

今天夜晚的火焰穿戴得像一朵鲜花
在南方的天空上游泳
在夜里游泳，越过我的头顶

高地的小村庄又小又贫穷
像一颗麦子
像一把伞
伞中裸体少女沉默不语

贫穷孤独的少女　像女王一样　住在一把伞中

阳光和雨水只能给你尘土和泥泞

你在伞中，躲开一切

拒绝泪水和回忆

（写作时间不详）

九寨之星

很久很久的一盏灯

很久很久以前女神点亮的一盏灯

落满岁月尘土的一盏灯

当她面对湖水

女神的镜子中

变成了两盏

那就是你的一双眼睛

柔似湖水　亮如光明

1987.10

光棍

神秘客人那位食玉米担玉米
草筐中埋着牛肝的那光棍
在春天用了一把大火
烧光家园　使众人受伤

大家伤心唏嘘不已
穷得叮当响的酒柜上
光棍光芒万丈

老英雄
走上前来
抱住那光棍
坐在黄昏
歌唱江山
布满眼泪

（写作时间大约1987年）

石头的病（或八七年）

石头的病　疯狂的病
不可治疗的病
不会被理会的病
被大理石同伙
视为疾病的石头
可制造石斧
以及贫穷诗人的屋顶
让他不再漂泊　四海为家
让他在此处安家落户
此处我就是那颗生病的石头的心
让他住在你的屋顶上
听见生病的石头屋顶上
鸟鸣清晨如幸福一生
石头的病　疯狂的病
石头打开自己的门户　长出房子和诗人
看见美丽的你
石头竟相生病

我身上一块又一块

全部生病——全变成了柔弱的心

不堪一击

从遍是石头的荒野中长出一位美丽女人

那是石头的疾病——万物的疾病

石头怎么会在荒野的黑暗中胀开

石头也会生病　长出鲜花和酒杯

如果石头健康

如果石头不再生病

他哪会开花

如果我也健康

如果我也不再生病

也就没有命运

1987.10

盲目

手在果园里
就不再孤单
两只自己的手
在怀孕别的手

1987

月光

今夜美丽的月光　你看多好！
照着月光
饮水和盐的马
和声音

今夜美丽的月光　你看多美丽
羊群中　生命和死亡宁静的声音
我在倾听！

这是一只大地和水的歌谣，月光！

不要说　你是灯中之灯　月光！

不要说心中有一个地方
那是我一直不敢梦见的地方
不要问　桃子对桃花的珍藏
不要问　打麦大地　处女　桂花和村镇
今夜美丽的月光　你看多好！

不要说死亡的烛光何须倾倒

生命依然生长在忧愁的河水上

月光照着月光　月光普照

今夜美丽的月光合在一起流淌

1986.7初稿

1987.5改

灯

我们坐在灯上
我们火光通明
我们做梦的胳膊搂在一起
我们栖息的桌子飘向麦地
我们安坐的灯火涌向星辰

灯光，我明丽又温暖
的橘黄的雪
披上新娘的微黄的发辫

（灯
只有你
你仿佛无鞋
你总是行色匆匆）
灯，你的名字
掌在我手上

灯，月亮上
亮起的心

和眼睛

灯
躲在山谷
躲在北方山顶的麦地

灯啊
我们做梦的房子飘向麦田
桌子上安放求婚的杯盏
祈求和允诺的嘴唇
是灯

灯
一丛美丽
暖和
一个名字
我的秘密
我的新娘
叫小灯

灯
明天的雪中新娘

安坐屋中

你为什么无鞋

你为什么

竖起一根通红的手指

挡住出嫁日期

1985；1987

汉俳

1. 河水

亡灵游荡的河
在过去我们有多少恐惧
只对你诉说

2. 王位上的诗人

还没剥开羊皮　举着火把
还没剥开少女和母亲美丽的身体

3. 打麦黄昏，老年打麦者

在梨子树下
晚霞常驻

4. 草原上的死亡

在白色夜晚张开的身子
我的脸儿，就像我自己圣洁的姐姐

5. 西藏

回到我们的山上去

荒凉高原上众神的火光

6. 意大利文艺复兴

那是我们劳动的时光

朋友们都来自采石场

7. 风吹

茫茫水面上天鹅村庄神奇的门窗合上

8. 黄昏

在此刻　销声匿迹的人　突然出现

他们神秘而哀伤的马匹在树下站定

9. 诗歌皇帝

当众人齐集河畔 高声歌唱生活

我定会孤独返回空无一人的山峦

1987

五月的麦地

全世界的兄弟们
要在麦地里拥抱
东方，南方，北方和西方
麦地里的四兄弟，好兄弟
回顾往昔
背诵各自的诗歌
要在麦地里拥抱

有时我孤独一人坐下
在五月的麦地　梦想众兄弟
看到家乡的卵石滚满了河滩
黄昏常存弧形的天空
让大地上布满哀伤的村庄
有时我孤独一人坐在麦地为众兄弟背诵中国诗歌
没有了眼睛也没有了嘴唇

1987.5

重建家园

在水上　放弃智慧
停止仰望长空
为了生存你要流下屈辱的泪水
来浇灌家园

生存无须洞察
大地自己呈现
用幸福也用痛苦
来重建家乡的屋顶

放弃沉思和智慧
如果不能带来麦粒
请对诚实的大地
保持缄默　和你那幽暗的本性

风吹炊烟
果园就在身旁静静叫喊
“双手劳动
　　慰藉心灵”

1987

献诗

——给 *S*

谁在美丽的早晨
谁在这一首诗中

谁在美丽的火中　飞行
并对有我无限的赠予

谁在炊烟散尽的村庄
谁在晴朗的高空

天上的白云
是谁的伴侣

谁身体黑如夜晚　两翼雪白
在思念　在鸣叫

谁在美丽的早晨
谁在这一首诗中

1987.2.11

十四行：夜晚的月亮

推开树林
太阳把血
放入灯盏

我静静坐在
人的村庄
人居住的地方

一切都和本原一样
一切都存入
人的世世代代的脸
一切不幸

我仿佛
一口祖先们
向后代挖掘的井。
一切不幸都源于我幽深而神秘的水

1985.6.19

十四行：王冠

我所热爱的少女

河流的少女

头发变成了树叶

两臂变成了树干

你既然不能做我的妻子

你一定要成为我的王冠

我将和人间的伟大诗人一同佩戴

用你美丽叶子缠绕我的竖琴和箭袋

秋天的屋顶　时间的重量

秋天又苦又香

使石头开花　像一顶王冠

秋天的屋顶又苦又香

空中弥漫着一顶王冠

被劈开的月桂和扁桃的苦香

1987.8.19夜

十四行：玫瑰花

玫瑰花　蜜一样的身体
玫瑰花园　黑夜一样的头发
覆盖了白雪隆起的乳房

白雪的门　白雪的门外被白雪盖住的两只酒盅
白雪的窗户　白雪的窗内两只火红的玫瑰谷
或两只火红的蜡烛……热情的蜡烛自行燃尽
两只叮当作响的酒盅……热情的酒浆被我啜饮

在秋天我感到了　你的乳房　你的蜜
像夏天的火　春天的风　落在我怀里
像太阳的蜂群落入黑夜的酒浆
像波斯古国的玫瑰花园　使人魂归天堂

肉体却必须永远活在设拉子[①]
——千年如斯
玫瑰花　你蜜一样的身体

1987.8

---

① 设拉子，一译舍拉子，波斯（今伊朗）地名。——编者注

十四行：玫瑰花园

明亮的夜晚
我来到玫瑰花园
我脱下诗歌的王冠
和沉重的土地的盔甲

玫瑰花园　玫瑰花园
我们住在绝色美人的身旁　仿佛住在月亮上
我们谈论佛光中显出的美丽身影
和雪水浇灌下你的美丽的家园

我们谈到但丁　和他的永恒的贝亚德丽丝
以及天国、通往那儿永恒的天路历程
四川，我诗歌中的玫瑰花园
那儿诞生了你——像一颗早晨的星那样美丽

明亮的夜晚　多么美丽而明亮
仿佛我们要彻夜谈论玫瑰直到美丽的晨星升起。

1987.8.26

秋

用我们横陈于地的骸骨
在沙滩上写下：青春。然后背起衰老的父亲
时日漫长　方向中断
动物般的恐惧充塞我们的诗歌

谁的声音能抵达秋之子夜　长久喧响
掩盖我们横陈于地的骸骨——
秋已来临。
没有丝毫的宽恕和温情：秋已来临

1987.8

八月之杯

八月逝去　山峦清晰
河水平滑起伏
此刻才见天空
天空高过往日

有时我想过
八月之杯中安坐真正的诗人
仰视来去不定的云朵
也许我一辈子也不会将你看清

一只空杯子　装满了我撕碎的诗行
一只空杯子 ——可曾听见我的喊叫？！
一只空杯子内的父亲啊
内心的鞭子将我们绑在一起抽打

1987

八月　黑色的火把

太阳映红的旷原
垂下衰老的乳房
一如黑夜的火把

人是八月的田野上血肉模糊的火把
怀抱夜晚的五谷
遁入黑暗之中

温暖的五谷
霉烂的五谷
坐在火把上

1987

九月的云

九月的云
展开殓布

九月的云
晴朗的云

被迫在盘子上，我
刻下诗句和云

我爱这美丽的云

水上有光
河水向前

我一向言语滔滔
我爱着美丽的云

1986

秋天

你带来水　酒瓶和粮食

秋天　千里内外

树叶安睡大地

果实沉落桶底

发出闷闷声响

让镰刀平放

丰收的草原

秋天的水　上升

直到果实　果实

回声似的对称的乳房

秋天　丰收的篮子

天堂的篮子

盛放——“果实”

病床头刻划的

阿拉伯或恒河

的永久文字

而鱼唱着　梦着　村落

水离开了形状

离开了手

回声

这是两只丰收的篮子　彼此对称

乳房

手

1986.1草稿

1987.5改

1987.9再改

秋

秋天深了，神的家中鹰在集合
神的故乡鹰在言语
秋天深了，王在写诗
在这个世界上秋天深了
得到的尚未得到
该丧失的早已丧失

1987

亚洲铜

亚洲铜，亚洲铜
祖父死在这里，父亲死在这里，我也将死在这里
你是唯一的一块埋人的地方

亚洲铜，亚洲铜
爱怀疑和爱飞翔的是鸟，淹没一切的是海水
你的主人却是青草，住在自己细小的腰上，守住野花的手掌和秘密

亚洲铜，亚洲铜
看见了吗？那两只白鸽子，它是屈原遗落在沙滩上的白鞋子
让我们——我们和河流一起，穿上它吧

亚洲铜，亚洲铜
击鼓之后，我们把在黑暗中跳舞的心脏叫做月亮
这月亮主要由你构成

1984.10

祖国（或以梦为马）

我要做远方的忠诚的儿子
和物质的短暂情人
和所有以梦为马的诗人一样
我不得不和烈士和小丑走在同一道路上

万人都要将火熄灭　我一人独将此火高高举起
此火为大　开花落英于神圣的祖国
和所有以梦为马的诗人一样
我借此火　得度一生的茫茫黑夜

此火为大　祖国的语言和乱石投筑的梁山城寨
以梦为上的敦煌——那七月也会寒冷的骨骼
如雪白的柴和坚硬的条条白雪　横放在众神之山
和所有以梦为马的诗人一样
我投入此火　这三者是囚禁我的灯盏　吐出光辉

万人都要从我刀口走过　去建筑祖国的语言
我甘愿一切从头开始

和所有以梦为马的诗人一样
我也愿将牢底坐穿

众神创造物中只有我最易朽　带着不可抗拒的死亡的速度
只有粮食是我珍爱　我将她紧紧抱住　抱住她　在故乡生儿育女
和所有以梦为马的诗人一样
我也愿将自己埋葬在四周高高的山上　守望平静的家园

面对大河我无限惭愧
我年华虚度　空有一身疲倦
和所有以梦为马的诗人一样
岁月易逝　一滴不剩　水滴中有一匹马儿一命归天

千年后如若我再生于祖国的河岸
千年后我再次拥有中国的稻田　和周天子的雪山　天马踢踏
和所有以梦为马的诗人一样
我选择永恒的事业

我的事业　就是要成为太阳的一生
他从古至今——"日"——他无比辉煌无比光明
和所有以梦为马的诗人一样

最后我被黄昏的众神抬入不朽的太阳

太阳是我的名字

太阳是我的一生

太阳的山顶埋葬诗歌的尸体——千年王国和我

骑着五千年凤凰和名字叫“马”的龙——我必将失败

但诗歌本身以太阳必将胜利

1987

日出

——见于一个无比幸福的早晨的日出

在黑暗的尽头

太阳，扶着我站起来

我的身体像一个亲爱的祖国，血液流遍

我是一个完全幸福的人

我再也不会否认

我是一个完全的人　我是一个无比幸福的人

我全身的黑暗因太阳升起而解除

我再也不会否认　天堂和国家的壮丽景色

和她的存在……在黑暗的尽头！

1987.8.30醉后早晨

水抱屈原

举着火把、捕捉落入
水的人

水抱屈原：如夜深打门的火把倒向怀中
水中之墓呼唤鱼群

我要离开一只平静的水罐
骄傲者的水罐——
宝剑埋在牛车的下边

水抱屈原：一双眼睛如火光照亮
水面上千年羊群
我在这时听见了世界上美丽如画

水抱屈原是我
如此尸骨难收

（写作时间不详）

生日

起风了
太阳的音乐　太阳的马

你坐在近处　坐在远方
像鱼群跟着渔夫　长出了乳房
葡萄牙村庄　长出了乳房
牧羊人的皮鞭　长出了乳房

当我们住在秋天
大地上刮起了秋风
秋天的雨　一阵又一阵
你坐在近处　坐在远方

那时我们多么寂寞
多么遥远啊？

而现在是生日
我点亮烛火点亮新娘的两只耳朵
其他的人和马的耳朵
竖在北方——那一夜的屋顶

1988.5删（改）

太阳和野花

——给 AP

太阳是他自己的头
野花是她自己的诗

我对你说
你的母亲不像我的母亲

在月光照耀下
你的母亲是樱桃
我的母亲是血泪

我对天空说
月亮，她是你篮子里纯洁的露水
太阳，我是你场院上发疯的钢铁

太阳是他自己的头
野花是她自己的诗
在一株老榆树的底下
平原上

流过我的骨头

在猎人夫妻的眼中　在山地
那自由的尸首
淌向何方

两位母亲在不同的地方梦着我
两位女儿在不同的地方变成了母亲
当田野还有百合，天空还有鸟群
当你还有一张大弓、满袋好箭
该忘记的早就忘记
该留下的永远留下

太阳是他自己的头
野花是她自己的诗

总是有寂寞的日子
总是有痛苦的日子
总是有孤独的日子
总是有幸福的日子
然后再度孤独

是谁这么告诉过你：

答应我

忍住你的痛苦

不发一言

穿过这整座城市

远远地走来

去看看他　去看看海子

他可能更加痛苦

他在写一首孤独而绝望的诗歌

死亡的诗歌

他写道：

平原上

流过我的骨头

当高原的人　在榆树底下休息

当猎人和众神

或起或坐，时而相视，时而相忘

当牛羊和牛羊在草上

看见一座悬崖上

牧羊人堕下，额角流血

再也救不活他了——

他写道：

平原上

流过我的骨头

这时，你要

去看看他

答应我

忍住你的痛苦

不发一言

穿过整座城市

那个牧羊人

也许会被你救活

你们还可以成亲

在一对大红蜡烛下

这时他就变成了我

我会在我自己的胸脯找到一切幸福

红色荷包、羊角、蜂巢、嘴唇

和一对白色羊儿般的乳房

我会给你念诗：

太阳是他自己的头

野花是她自己的诗

到那时　到那一夜

也可以换句话说：

太阳是野花的头

野花是太阳的诗

他们只有一颗心

他们只有一颗心

1988.5.16夜

（删86年以来许多旧诗稿而得）

在一个阿拉伯沙漠的村镇上

镇子

而今我一无是处
坐在镇子的一头
这是一个不守诺言的时刻
头巾上星光璀璨
阿拉伯沙漠的村镇已是茫茫黄昏
东面一万里是大海
西边一万里是雪山

镇子

三月过去了
四月过去了
上一个秋天的谈话过去了
请在这个日子光临做我的客人

镇子上——天刚蒙蒙亮
草原上——夜的马很大

少言寡语，见一面，短一日

镇子

你坐在
小山坡上
你坐在小山坡上
一个人住在旧粮仓里写诗
又是生日。一匹
多年的
马
飞来了
一匹多年的
旧布包不好伤口

镇子

点亮一根蜡烛
我们死后相聚在湖上
宛如生前。“俄狄普斯——烛光也曾照你杀父
娶母。”
烛火静静叫喊

绿汪汪的水静静叫喊
看见草原和女人的一位盲人
——在烛火静静叫喊

镇子

生日中
你像一位美丽的
女俘虏
坐在故乡的
打麦场上

夜深在村庄摸门
我的什么
遗忘在山上

浪子　你怎么了　你打算用什么办法
将那水中明月
戴在头上

暮色中的马头
斜靠在小镇上

姐妹们早已睡下

打谷场上　空无一人

空无一人

天亮

守夜人

走到神秘的村子

1988.5删（改）

我飞遍草原的天空

草原上的天空不可阻挡
互相击碎的刀剑飞回家乡
佩在姐妹的脖子上
让乳房裸露，子夜的金银顺河流淌

月亮啊　月亮
把新娘的尸体抬到草原上
一只野花的杯子里　鬼魂千万
“我死在野花杯中　我也是一条命啊”

不可饶恕草原上的鬼魂
不可饶恕杀人的刀枪
不可饶恕埋人的石头
更不可饶恕　天空

我从大海来到落日的正中央
飞遍了天空找不到一块落脚之地
今日有粮食却没有饥饿
今天的粮食飞遍了天空

找不到一只饥饿的腹部
饥饿用粮食喂养
更加饥饿，奄奄一息
草原的天空不可阻挡

今天有家的　必须回家
今天有书的　必须读书
今天有刀的　必须杀人
草原的天空不可阻挡

1988.8.13拉萨

远方

远方除了遥远一无所有

遥远的青稞地
除了青稞 一无所有

更远的地方　更加孤独
远方啊　除了遥远 一无所有

这时　石头
飞到我身边

石头　长出血
石头　长出七姐妹

站在一片荒芜的草原上

那时我在远方
那时我自由而贫穷

这些不能触摸的　姐妹

这些不能触摸的　血
这些不能触摸的　远方的幸福

远方的幸福是多少痛苦

1988.8.19萨迦夜，21拉萨

在大草原上预感到海的降临

我的双手触到草原，
黑色孤独的夜的女儿。

我为我自己铺下干草
夜的女儿，我也为你。

牧羊女打开自己——
一只黑色的羊
蹲伏在你的腹部。

多么温暖的火红的岩石
多么柔软地躺在马车上
月亮形的马，进入了海底。

一夜之间，草原是如此遥远，如此深厚，如此神秘。
海也一样。
一夜之间，
草贴着地长，
你我都是草中的羊。

（写作时间大约1988年）

黑翅膀

今夜在日喀则，上半夜下起了小雨
只有一串北方的星，七位姐妹
紧咬雪白的牙齿，看见了我这一对黑翅膀

北方的七星　照不亮世界
牧女头枕青稞独眠一天的地方今夜满是泥泞
今夜在日喀则，下半夜天空满是星辰

但夜更深就更黑，但毕竟黑不过我的翅膀
今夜在日喀则，借床休息，听见婴儿的哭声
为了什么这个小人儿感到委屈？是不是因为她感到了黑夜中的幸福

愿你低声啜泣　但不要彻夜不眠
我今夜难以入睡是因为我这双黑过黑夜的翅膀
我不哭泣　也不歌唱　我要用我的翅膀飞回北方

飞回北方　北方的七星还在北方

只不过在路途上指示了方向，就像一种思念

她长满了我的全身　在烛光下酷似黑色的翅膀

（写作时间大约1988年）

七百年前

七百年前辉煌的王城今天是一座肮脏的小镇
当年我打马进城　手提一袋青稞
当年我用一袋青稞换取十八颗人头
还有九颗，葬在城中，下落不明

在山洞里十二只野兽梦想变成老鹰，齐声哀鸣
这是山顶上最后的山洞梦想着天空
突然有一种感觉，好像还是在又饥又饿地走在路上
在幽暗中我写下我的教义，世界又变得明亮

1988.8.18

西藏

西藏，一块孤独的石头坐满整个天空
没有任何夜晚能使我沉睡
没有任何黎明能使我醒来

一块孤独的石头坐满整个天空
他说：在这一千年里我只热爱我自己

一块孤独的石头坐满整个天空
没有任何泪水使我变成花朵
没有任何国王使我变成王座

1988.8

怅望祁连（之一）

那些是在过去死去的马匹
在明天死去的马匹
因为我的存在
它们在今天不死
它们在今天的湖泊里饮水食盐

天空上的大鸟
从一棵樱桃
或马骷髅中
射下雪来
于是马匹无比安静
这是我的马匹
它们只在今天的湖泊里饮水食盐

1986

怅望祁连（之二）

星宿　刀　乳房

这就是雪水上流下来的东西

　　“亡我祁连山，使我牛羊不蕃息

　　失我胭脂山，令我妇女无颜色”

只有黑色牲畜的尾巴

鸟的尾巴

鱼的尾巴

儿子们脱落的尾巴

像七种蓝星下

插在屁股上的麦芒

风中拂动

雪水中拂动

1986

敦煌

敦煌石窟像马肚子下
挂着一只只木桶
乳汁的声音滴破耳朵——
像远方草原上撕破耳朵的人
来到这最后的山谷
他撕破的耳朵上
悬挂着花朵

敦煌是千年以前
起了大火的森林
在陌生的山谷
在最后的桑林——我交换
食盐和粮食的地方
我筑下岩洞，在死亡之前，画上你
最后一个美男子的形象
为了一只母松鼠
为了一只母蜜蜂
为了让她们在春天再次怀孕

1986

七月不远

——给青海湖，请熄灭我的爱情

七月不远
性别的诞生不远
爱情不远——马鼻子下
湖泊含盐

因此青海不远
湖畔一捆捆蜂箱
使我显得凄凄迷人：
青草开满鲜花

青海湖上
我的孤独如天堂的马匹
（因此，天堂的马匹不远）

我就是那个情种：诗中吟唱的野花
天堂的马肚子里唯一含毒的野花
（青海湖，请熄灭我的爱情！）

野花青梗不远，医箱内古老姓氏不远
（其他的浪子，治好了疾病
已回原籍，我这就想去见你们）

因此跋山涉水死亡不远
骨骼挂遍我身体
如同蓝色水上的树枝

啊，青海湖，暮色苍茫的水面
一切如在眼前！

只有五月生命的鸟群早已飞去
只有饮我宝石的头一只鸟早已飞去
只剩下青海湖，这宝石的尸体
　　　　　　　暮色苍茫的水面

1986

喜马拉雅

高原悬在天空
天空向我滚来
我丢失了一切
面前只有大海

我是在我自己的远方
我在故乡的海底——
走过世界最高的地方
喜马拉雅　喜马拉雅

你是谁
饥饿
怀孕
把无尽的
滚过天空的头颅
放回天空

我从大海来到落日的中央

飞满了天空找不到一块落脚之地
今日有粮食却没有饥饿
今天的粮食飞遍了天空

找不到一只饥饿的腹部
饥饿用粮食喂养
更加饥饿，奄奄一息
草原上的天空不可阻挡

嘴唇和我抱住河水
头颅和他的姐妹
在大河底部通向海洋
割下头颅的身子仍在世上
最高的一座山
仍在向上生长

（写作时间不详）

雪

千辛万苦回到故乡
我的骨骼雪白　也长不出青稞

雪山，我的草原因你的乳房而明亮
冰冷而灿烂

我的病已好
雪的日子　我只想到雪中去死
我的头顶放出光芒！

有时我背靠草原
马头作琴　马尾为弦
戴上喜马拉雅　这烈火的王冠

有时我退回盆地，背靠成都
人们无所事事，我也无所事事，
只有爱情　剑　马的四蹄

割下嘴唇放在火上

大雪飘飘

不见昔日肮脏的山头

都被雪白的乳房拥抱

深夜中　火王子　独自吃着石头　独自饮酒

1988.8

日记

姐姐，今夜我在德令哈，夜色笼罩
姐姐，我今夜只有戈壁

草原尽头我两手空空
悲痛时握不住一颗泪滴
姐姐，今夜我在德令哈
这是雨水中一座荒凉的城

除了那些路过的和居住的
德令哈……今夜
这是唯一的，最后的，抒情。
这是唯一的，最后的，草原。

我把石头还给石头
让胜利的胜利
今夜青稞只属于她自己
一切都在生长

今夜我只有美丽的戈壁　空空

姐姐，今夜我不关心人类，我只想你

1988.7.25火车经德令哈

花儿为什么这样红

透过泪水看见马车上堆满了鲜花。

豹子和鸟，惊慌地倒下，像一滴泪水
——透过泪水看见
马车上堆满了鲜花。

风，你四面八方
多少绿色的头发，多少姐妹
挂满了雨雪。

坐在夜王为我铺草的马车中。

黑夜，你就是这巨大的歌唱的车辆
围住了中间
说话的火。

一夜之间，草原如此深厚，如此神秘，如此遥远
我断送了自己的一生
在北方悲伤的黄昏的原野。

1988.11.20

光着头的哥哥噢哥哥

——给凡·高

一个
光着头
的人
把头
插入红色的
血样的豹子
活豹子。

太阳
在腹中翻滚、燃烧
光着头的哥哥噢哥哥
金光闪闪的树
是刀子插在你的肚子上。
不见流血
你的肚子上
挤满太阳的豹子
像一条滞缓充盈的河

太阳

你的头

头

就是头

插入这红色的血样的豹腹

（写作时间不详）

阿尔的太阳[1]

——给我的瘦哥哥

“一切我所向着自然创作的，是栗子，从火中取出来的。啊，那些不信仰太阳的人是背弃了神的人。”[2]

到南方去
到南方去
你的血液里没有情人和春天
没有月亮
面包甚至都不够
朋友更少
只有一群苦痛的孩子，吞噬一切
瘦哥哥凡·高，凡·高啊
从地下强劲喷出的
火山一样不计后果的
是丝杉和麦田
还是你自己

---

① 阿尔系法国南部一小镇，凡·高在此创作了七八十幅画，这是他的黄金时期。——海子自注

② 引文摘自凡·高致其弟泰奥的书信。——编者注

喷出多余的活命的时间

其实，你的一只眼睛就可以照亮世界

但你还要使用第三只眼，阿尔的太阳

把星空烧成粗糙的河流

把土地烧得旋转

举起黄色的痉挛的手，向日葵

邀请一切火中取栗的人

不要再画基督的橄榄园

要画就画橄榄收获

画强暴的一团火

代替天上的老爷子

洗净生命

红头发的哥哥，喝完苦艾酒

你就开始点这把火吧

烧吧

1984.4

给萨福

美丽如同花园的女诗人们
相互热爱，坐在谷仓中
用一只嘴唇摘取另一只嘴唇

我听见青年中时时传言道：萨福

一只失群的
钥匙下的绿鹅
一样的名字。盖住
我的杯子

托斯卡尔的美丽的女儿
草药和黎明的女儿
执杯者的女儿

你野花
的名字
就像蓝色冰块上
淡蓝色的清水溢出

萨福萨福

红色的云缠在头上

嘴唇染红了每一片飞过的鸟儿

你散着身体香味的

鞋带被风吹断

在泥土里

谷仓中的嘤嘤之声

萨福萨福

亲我一下

你装饰额角的诗歌何其甘美

你凋零的棺木像一盘美丽的

棋局

（写作时间不详）

给安徒生（组诗）

1.

让我们砍下树枝做好木床

一对天鹅的眼睛照亮
一块可供下蛋的岩石

让我们砍下树枝做好木床
我的木床上有一对幸福天鹅
一只匆匆下蛋，一只匆匆死亡

2.

天鹅的眼睛落在杯子里
就像日月落在大地上

1986

给托尔斯泰

我想起你如一位俄国农妇暴跳如雷
补一只旧鞋的
手
时时停顿
这手掌混同于
兵士的臭脚、马肉和盐
你的灰色头颅一闪而过
教堂的裸麦中央
北方流注的河流马的脾气暴跳如雷
胸膛上面排排旧俄的栅栏暴跳如雷
低矮的天空、灯火和农妇暴跳如雷

吹灭云朵
吹灭火焰
吹灭灯盏
吹灭一切妓女
和善良女人的
嘴唇

你可以耕地，补补旧鞋
你可以爱他人，读读福音书
我记得陈旧的河谷端坐老人
端坐暴跳如雷的老人

1985.12草稿

1986.12修改

给卡夫卡

——囚徒核桃的双脚

在冬天放火的囚徒
无疑非常需要温暖
这是亲如母亲的火光
当他被身后的几十根玉米砸倒
在地，这无疑又是
富农的田地

当他想到天空
无疑还是被太阳烧得一干二净
这太阳低下头来，这脚镣明亮
无疑还是自己的双脚，如同核桃
埋在故乡的钢铁里
工程师的钢铁里

1986.6.16

莫扎特在《安魂曲》中说

我所能看见的妇女
水中的妇女
请在麦地之中
清理好我的骨头
如一束芦花的骨头
把它装在琴箱里带回

我所能看见的
洁净的妇女，河流
上的妇女
请把手伸到麦地之中

当我没有希望
坐在一束麦子上回家
请整理好我那零乱的骨头
放入那暗红色的小木柜，带回它
像带回你们富裕的嫁妆

（写作时间不详）

耶稣（圣之羔羊）

从罗马回到山中
铜嘴唇变成肉嘴唇
在我的身上　青铜的嘴唇飞走
在我的身上　羊羔的嘴唇苏醒

从城市回到山中
回到山中羊群旁
的悲伤
像坐满了的一地羊群

1987.12.28夜

但丁来到此时此地

自杀者各自逃离树枝
但丁来到此时此地
自杀者各自逃离树枝

罪人在地狱
像荒山上嵌住的闪闪发光的钻石

感情只是陪伴我的小灯
时明时灭的地狱之门

树桠裂开，浅水灌耳
在香气的平原上
贝亚德丽丝
你站在另一头，低声唱歌

我的鳞片剥落
魂入肉体
巨大的灵找自由的河流
一些白色而善良

的草秸

里面埋葬野兽经常的抖动

贝亚德丽丝

的指引

卧室或劳动的市民的圣母

美丽阳光

（写作时间不详）

不幸（组诗）

——给荷尔德林

1. 病中的酒

抬起了一张病床
我的荷尔德林　他就躺在这张床上
马　疯狂地奔驰一阵
横穿整个法兰西

成为纯洁诗人、疾病诗人的象征
不幸的诗人啊
人们把你像系马一样
系在木匠家一张病床上

我不知道
在八月逝去的黄昏
二哥索福克勒斯
是否用悲剧减轻了你的苦痛

当那些姐妹和长老

举起了不幸的羊毛

燃烧的羊毛

像白雪一样地燃烧

他说——不要着急，焦躁的诸神

等一首故乡的颂歌唱完

我就会钻进你们那

黑暗和迟钝的羊角

丰足的羊角　呜呜作响的羊角

王冠和疯狂的羊角：我躺下

——“一万年太久”

只有此羊角　诗歌黑暗　诗人盲目

2. 怀念（或没有收获）

等你手拿钝镰刀

割下白雪和羊毛

不幸的荷尔德林已经发疯

修道院总管的儿子

银行家夫人的情人

不幸的荷尔德林已经发疯
等你建好医院
安放好一张又一张病床
荷尔德林就躺在第一张床上
经历没有收获的日子
那是幸福的
——“收获即苦难。”

只好怀念大雁——
那哭泣和笑容的篮子
当你追随我
来到人类的生活
只好怀念大雁——
那被黄昏染红的肉体的新娘。

3. 牧羊人的舞蹈——对称

——黑暗沉寂之国
（有题无诗）

4. 血以后是黑暗——比血更红的是黑暗

荷尔德林——告诉我那黑暗是什么
他又怎样把你淹没
把你拥进他的怀抱
像大河淹没了一匹骏马

存在着　嘶叫着　和黑暗之桶的主人啊
你——现在又怎样在深渊上飞翔——阴郁地起舞
——将我抛弃
并将我嘲笑——荷尔德林
你可是也已成为黑暗的大神的一部分
故乡
……我们仍抱着这光中飞散的桶的碎片营造土地和村庄
他们终究要被黑暗淹没
告诉我，荷尔德林——我的诗歌为谁而写

掘地深藏的地洞中毒药般诗歌和粮食
房屋和果树——这些碎片——在黑暗中又会呈现怎样的景象，荷尔德林？
延续六年的阴郁的旅行之路啊

兄弟们是否理解？狄奥提马是否同情——她虽已早死？

哪一位神曾经用手牵引你度过这光明和黑暗交织的道路？
你在那些渡口又遇见什么样的老母和木匠的亲人？
他们是幻象？还是真理？
是美丽还是谎言？是阴郁还是狂喜？

还是这两者的合一：统治。
血以后还是黑暗——比血更红的是黑暗
我永久永久怀念着你
不幸的兄弟　荷尔德林！

5. 致命运女神

怀抱心上人摔坏的一盏旧灯
怀抱悬崖上幸福的花草纵身而下

红色的大雁
隔河相望美丽村镇

致命运女神的几行诗句
痛苦在山上但说无妨

红色的大雁

在南风中微微吹动

少女食羊　羊食少年死后长出的青青草杆

一团白云卷走了你

随风来去的羊

——命运女神！

1987.11.7夜录

尼采，你使我想起悲伤的热带

别人的诗：金黄的秋收俯伏在希腊的大理石上

一只陶罐上
镌刻一尾鱼
我住在鱼头
你住在鱼尾
我在冰天雪地的酒馆忙于宗教
冻得全身发红
你头发松开，充满情欲和狂暴

悲伤的热带
南方的岛屿
我的梦之蛇

你踏上雇佣军向南进军的大道
走出战俘营代价昂贵
辉煌的十年疯狂之门
一眼望见天堂里诗人歌唱的梨花朵朵
像原始人交换新娘后
堆积在梦中岛屿上的盐

水滴中千万颗乳房
歌唱我的一生
热带是
我的心情

是　国王的女儿
蜥蜴和袋鼠跳跃峡谷的女儿
和我
另一位呢喃而疯狂的诗人
同住在一只壶里

我的心情逼迫群蛇起舞　拥抱死亡的鹰
热带的悲伤少女
季节和岁月的火焰
你们都在十五岁就一命归天

水滴中千万颗乳房
归于虚无的热带
古老猎手萌生困惑
在山顶自缢

1987.11.6夜

公爵的私生女

——给波德莱尔

我们偶然相遇
没有留下痕迹

那个庸俗的故事
使用货币或麦子
卖鱼的卖鱼
抓药的抓药
在天堂的黄昏
躲也躲不开
我们的生存
唯一的遭遇是一首诗
一首诗是一个被谋杀的生日
月光下　诗篇犹如
每一个死婴背着包袱
在自由地行进
路途遥远却独来独往

死婴

我的朋友

我的亲人

来路已逝去路以断

为谁而死为谁醉卧草原

我们偶然相遇

没有留下痕迹

石头门外，守夜人

抱着三枝火焰

埋下双眼，一夜长眠

1986.8初稿

1987.10.31改

献给韩波：诗歌的烈士[①]

反对月亮
反对月亮肚子上绿色浇灌天空

韩波，我的生理之王
韩波，我远嫁他方的姐妹早夭之子
韩波，语言的水兽和姑娘们的秘密情郎

韩波在天之巨大下面——脊背拆裂

上路，上路韩波如醉舟
不顾一切地上路
韩波如装满医生的车子
远方如韩波的病人
远方如树的手指怀孕花果

反对老家的中产阶级
韩波是野兽睫毛上淫荡的波浪

---

① 题中“韩波”，今通译“兰波”。——编者注

村中的韩波

毒药之父

（1864～1891）

埋于此：太阳

（写作时间不详）

给伦敦

马克思、维特根施坦
两个人，来到伦敦
一前一后，来到这个大雾弥漫的
岛国之城
一个宏伟的人，一个简洁的人
同样的革命和激进
同样的一生清贫
却带有同样一种摧毁性的笑容
内心虚无
内心贫困
在货币和语言中出卖一生
这还不是人类的一切啊！
石头，石头，卖了石头买石头
卖了石头换来石头
卖了石头还有石头
　　石头还是石头，人类还是人类

（写作时间不详）

盲目

——给维特根施坦

那个人躲在山谷里研究刑法
那个人打扰了语言本身
打扰了那个俘虏和园丁

扰乱了谷草的图案
那个人躲在山谷里
研究犯罪和刑法

那个人在寒冷草原搬动木桶
那个人牵着骆驼，模仿沉默的园丁
那个人咀嚼谷草犹如牲畜
那个人仿佛就是语言自身的饥饿

多欲的父亲
娶下饱满的母亲
在部落里怀孕
在酒馆里怀孕
在渔船上怀孕

船舱内消瘦的哲学家思索多欲的父亲
是多么懊恼

多欲的父亲　央求家宅存在　门窗齐全
多欲的父亲　在我们身上　如此使我们恼火

（挺矛而上的哲学家
是一个赤裸裸的人）

是我的裸体
骑上时间绿色的群马
冲向语言在时间中的饥饿和犯罪
那个人躲在山谷里研究刑法

1987.7.16

马雅可夫斯基自传

微微发紫的光线里一个胎儿、一朵向日葵
诗人在小镇一角度完一生
在那家残破的灯下
旅馆破旧
石头流动
梨花阵阵
迟钝和内心冲突
一棵梨子树，梨花阵阵
头盖骨龟裂——箭壶愚蠢摇动
火烧山地　白色梨花阵阵
刮去遍体鳞伤
一切噪音进入我的语言
化成诗歌与音乐　梨花阵阵
在我弃绝生活的日子里
黑脑袋——杀死了我
以我血为生　背负冰凉斧刃
黑脑袋　长出一片胳膊
挥舞一片胳膊

露出一切牙齿、匕首

黑头里垒满了石头

像青铜一样站着

站到最后　站到末日

1987

诗人叶赛宁（组诗）

1. 诞生

星日朗朗
野花的村庄
湖水荡漾
野花！
生下诗人

湖水在怀孕
在怀孕
一对蓓蕾
野花的小手在怀孕
生下诗人叶赛宁

野花的村庄漆黑
如同无人居住
野花，我的村庄公主
安坐痛苦的北方
生下诗人

谁家的窗户

灯火明亮

是野花，一只安详燃烧的灯

坐在泥土的灯台上

生下诗人叶赛宁

2. 乡村的云

乡村的云

故乡

你们俩是

水上的一对孩子

云朵的门啊，请为幸福的人们打开

请为幸福

和山坡上无处躲藏的忧伤的眼睛

打开！

3. 少女

少女

头枕斧头和水

安然睡去

一个春天

一朵花

一片海滩　一片田园

少女

一根伐自上帝

美丽的枝条

少女

月亮的马

两颗水滴

对称的乳房

4. 诗人叶赛宁

我是中国诗人

稻谷的儿子

茶花的女儿

也是欧罗巴诗人

儿子叫意大利

女儿叫波兰

我饱经忧患

一贫如洗
昨日行走流浪
来到波斯酒馆
别人叫我
诗人叶赛宁
浪子叶赛宁
叶赛宁
俄罗斯的嘴唇
梁赞的屋顶
黄昏的面容
农民的心
一颗农民的心
坐在酒馆
像坐在一滴酒中
坐在一滴水中
坐在一滴血中
仙鹤飞走了
桌子抬走了
尸体抬走了
屋里安坐忧郁的诗人

仍然安坐诗人叶赛宁

叶赛宁

不曾料到又一次

春回大地

大地是我死后爱上的女人

大地啊

美丽的是你

丑陋的是我

诗人叶赛宁

在大地中

死而复生

5. 玉米地

微风吹过这座小小的山冈

玉米地里棵棵玉米又瘦又小

我浇水　看着这些小小的可爱又瘦小的叶子

青青杨树叶子喧响在那一头

太阳远远地燃烧

落入一座空空的山谷

树叶是采自诸神的枪支和婚床

圆形盾牌镌刻着无知的文字

6. 醉卧故乡

故乡的夜晚醉倒在地

在蓝色的月光下

飞翔的是我

感觉到心脏，一颗光芒四射的星辰

醉倒在地，头举着王冠

头举着五月的麦地

举着故乡晕眩的屋顶

或者星空，醉倒在大地上！

大地，你先我而醉

你阴郁的面容先我而醉

我要扶住你

大地！

我醉了

我是醉了

我称山为兄弟、水为姐妹、树林是情人

我有夜难眠，有花难戴

满腹话儿无处诉说
只有碰破头颅
霞光落在四邻屋顶
我的双脚踏在故乡的路上变成亲人的双脚
一路蹒跚在黄昏　升上南国星座
双手飞舞，口中喃喃不绝
我在飞翔
急促而深情
飞翔的是我的心脏
我感觉要坐稳在自己身上
故乡，一个姓名
一句
美丽的诗行
故乡的夜晚醉倒在地

7. 浪子旅程

我是浪子
我戴着水浪的帽子
我戴着漂泊的屋顶
灯火吹灭我

家乡赶走我
来到酒馆和城市

我本是农家子弟
我本应该成为
迷雾退去的河岸上
年轻的乡村教师
从都会师院毕业后
在一个黎明
和一位纯朴的农家少女
一起陷入情网
但为什么
我来到了酒馆
和城市

虽然我曾与母牛狗仔同歇在
露西亚天国
虽然我在故乡山冈
曾与一个哑巴
互换歌唱
虽然我二十年不吱一声

爱着你，母亲和外祖父

我仍下到酒馆——俄罗斯船舱底层

啜饮酒杯的边缘

为不幸而凶狠的人们

朗诵放荡疯狂的诗

我要还家

我要转回故乡，头上插满鲜花

我要在故乡的天空下

沉默寡言或大声谈吐

我要头上插满故乡的鲜花

8. 绝命

此刻在美丽的小镇上

苦荞麦儿香

说声分手吧

和另一位叶赛宁　双手紧紧握住

点着烛火，烧掉旧诗

说声分手吧

分开编过少女秀发的十指

秀发像五月的麦苗　曾轻轻含在嘴里

和另一位叶赛宁分手
用剥过蛇皮蒙上鼓面的人类之手
自杀身亡，为了美丽歌谣的神奇鼓面
蛇皮鼓啊如今你在村中已是泪水灯笼

说声分手吧　松开埋葬自己的十指
把自己在诗篇中埋葬
此刻在美丽的小镇上
不会有苦荞麦儿香

9. 天才

轻雷滚过的风中
白杨树梢摇动
在这个黄昏
我想到天才的命运

在此刻我想起你凡·高和韩波
那些命中注定的天才
一言不发
心情宁静

那些人
站在月亮中把头颅轻轻摇晃
手持火把，腰围面粉袋
心情宁静

暮色苍茫
永不复返的人哪
在孤寂的空无一人的打谷场上
被三位姐妹苦苦留下。

痛苦的天才们
饥渴难挨
可是河中滴水全无
面粉袋中没有一点面粉

轻雷滚过的风中
死者的鞋子，仍在行走
如车轮，如命运
沾满谷物与盲目的泥土

1986.2~1987.5

面朝大海，春暖花开

从明天起，做一个幸福的人
喂马，劈柴，周游世界
从明天起，关心粮食和蔬菜
我有一所房子，面朝大海，春暖花开

从明天起，和每一个亲人通信
告诉他们我的幸福
那幸福的闪电告诉我的
我将告诉每一个人

给每一条河每一座山取一个温暖的名字
陌生人，我也为你祝福
愿你有一个灿烂的前程
愿你有情人终成眷属
愿你在尘世获得幸福
我只愿面朝大海，春暖花开

1989.1.13

四姐妹

荒凉的山冈上站着四姐妹
所有的风只向她们吹
所有的日子都为她们破碎

空气中的一棵麦子
高举到我的头顶
我身在这荒芜的山冈
怀念我空空的房间，落满灰尘

我爱过的这糊涂的四姐妹啊
光芒四射的四姐妹
夜里我头枕卷册和神州
想起蓝色远方的四姐妹
我爱过的这糊涂的四姐妹啊
像爱着我亲手写下的四首诗
我的美丽的结伴而行的四姐妹
比命运女神还要多出一个
赶着美丽苍白的奶牛　走向月亮形的山峰

到了二月，你是从哪里来的

天上滚过春天的雷，你是从哪里来的

不和陌生人一起来

不和运货马车一起来

不和鸟群一起来

四姐妹抱着这一棵

一棵空气中的麦子

抱着昨天的大雪，今天的雨水

明日的粮食与灰烬

这是绝望的麦子

请告诉四姐妹：这是绝望的麦子

永远是这样

风后面是风

天空上面是天空

道路前面还是道路

1989.2.23

酒杯

你的泪水为我洗去尘土和孤独
你的泪水为我在飞机场周围的稻谷间珍藏
酒杯，你这石头的少女，你这石头的牢房，石头的伞

酒，石头的牢房囚禁又释放的满天奔腾的闪电
昨天一夜的明亮的闪电使我的杯子又满又空
看哪！河水带来的泥沙堆起孤独的房屋

看哪！你的房子小得像一只酒杯
你的房子小得像一把石头的伞

多云的天空下　潮湿的风吹干的道路
你找不到我，你就是找不到我，你怎么也找不到我
在昔日山坡的羊群中

酒杯，你是一间又破又黑的旧教室
淹没在一片海水

（写作时间大约1989年）

日落时分的部落

日落时分的部落
晚霞映着血红的皇后

夜晚的血，梦中的火
照亮了破碎的城市
北京啊，你城门四面打开，内部空空
在太平洋的中央你眼看就要海水灭顶

海水照亮这破碎的城，北京
你这日落时分的部落凄凉而尖锐
皇后带走了所有的蜜蜂
这样的日子谁能忍受

日落时分的部落，血污涂满全身
在草原尽头，染红了遥远的秋天
她传下这些灾难，传下这些子孙
躲避灾难，或迎着灾难走去

1989.3.11

神秘的二月的时光

噙住泪水，在神秘的
二月的时光

神秘的二月的时光
经过北方单调的平原
来到积雪的山顶
群山正在下雪
山坳中梅树流淌着今年冬天的血
无人知道的，寂静的鲜血

1989.2

黎明（之一）

（阿根廷请不要为我哭泣）

我的混沌的头颅

是从哪里来的

是从哪里来的运货马车，摇摇晃晃

不发一言，经过我的山冈

马车夫像上帝一样，全身肮脏

伏在自己的膝盖上

抱着鞭子睡去的马车夫啊

抬起你的头，马车夫

山冈上天空望不到边

山冈上天空这样明亮

我永远是这样绝望

永远是这样

1989.2.21

黎明（之二）

（二月的雪，二月的雨）

我把天空和大地打扫干干净净
归还给一个陌不相识的人
我寂寞地等，我阴沉地等
二月的雪，二月的雨

泉水白白流淌
花朵为谁开放
永远是这样美丽负伤的麦子
吐着芳香，站在山冈上

荒凉大地承受着荒凉天空的雷霆
圣书上卷是我的翅膀，无比明亮
有时像一个阴沉沉的今天
圣书下卷肮脏而欢乐
当然也是我受伤的翅膀
荒凉大地承受着更加荒凉的天空

我空荡荡的大地和天空
是上卷和下卷合成一本
的圣书，是我重又劈开的肢体
流着雨雪、泪水在二月

1989.2.22

黎明（之三）

黎明手捧亲生儿子的鲜血的杯子
捧着我，光明的孪生兄弟
走在古波斯的高原地带
神圣经典的原野
太阳的光明像洪水一样漫上两岸的平原
抽出剑刃般光芒的麦子
走遍印度和西藏
从那儿我长途跋涉　走遍印度和西藏
在雪山、乱石和狮子之间寻求
天空的女儿和诗
波斯高原也是我流放前故乡的山巅

采纳我光明言辞的高原之地
田野全是粮食和谷仓
覆盖着深深的怀着怨恨
和祝福的黑暗母亲
地母啊，你的夜晚全归你
你的黑暗全归你，黎明就给我吧

让少女佩戴花朵般鲜嫩的嘴唇

让少女为我佩戴火焰般的嘴唇

让原始黑夜的头盖骨掀开

让神从我头盖骨中站立

一片战场上血红的光明冲上了天空

火中之火，

他有一个粗糙的名字：太阳

和革命，她有一个赤裸的身体

在行走和幻灭

1987.9.26夜草稿

1989.3.1夜改

春天

春天的时刻上登天空
舔着十指上的鲜血
春天空空荡荡
培养欲望　鼓吹死亡

风是这样大
尘土这样强暴
再也不愿从事埋葬
多少头颅破土而出

春天，残酷的春天
每一只手，每一位神
都鲜血淋淋
撕裂了大地胸膛

太阳啊
你那愚蠢的儿子呢
他去了何方
天空如此辽阔

烧死在悲痛的表面
大海啊
这阳光闪烁
的悲痛表面

秋天的儿子
他去了何方
千秋万代中那唯一的儿子
去了何方?

女儿内心充满仇恨和寒冷
想念你，爱着你，但看不见你
她没有你就像天空没有边缘
天空空空荡荡，一派生机
我们无可奈何
我们无法生活在悲痛的中心

天空上的光明
你照亮我们
给我们温暖的生命
但我们不是为你而活着

我们活着只为了自我

也只有短暂的一个春天的早晨

愿你将我宽恕

愿你在这原始的中心安宁而幸福地居住

你坐在太阳中央把斧子越磨越亮，放着光明

愿你在一个宁静的早晨将我宽恕

将我收起在一个光明的中心

愿我在这个宁静的早晨随你而去

忘却所有的诗歌

我会在中心安宁地居住，就像你一样

把他的斧子越磨越亮，吃，劳动，舞蹈

沉浸于太阳的光明

在羊群踩出的道上是羊群的灵魂蜂拥而过

在豹子踩出的道上是豹子的灵魂蜂拥而过

哪儿有我们人类的通道

有着锐利感觉的斧子

像光芒　在我胸口

越磨越亮

太阳的波浪
隐隐作痛
我进入太阳
粗糙而光明

那前一个夜晚
人类携带妻子
疯狂奔跑四散
这是春天
这是最后的春天
他们去了何方?

天空辽阔
低垂黄昏
人类破碎
我内心混沌一片
我面对着春天
我就是她的鲜血和黑暗

我内心浑浊而宁静
我在这里粗糙而光明

大地啊

你过去埋葬了我

今天又使我复活

和春天一起

沉默在我内部

天空之火在我内部

吹向旷野

旷野自己照亮

在最后的时刻　海底

在最后的黎明之前　他们去了何方？

1987.1草稿

1988.2二稿

1989.3三稿

桃花

桃花开放
像一座囚笼流尽了鲜血
像两只刀斧流尽了鲜血
像刀斧手的家园
流尽了鲜血

花儿为什么这样红
像一座雪山壮丽燃烧

我的囚笼起火
我的牢房坍塌
一根根锁链和铁条　戴着火
投向四周黑暗的荒原

1987.11.1草稿
1988.2.5改

桃花开放

秋天的火把断了　是别的花在开放
冬天的火把是梅花
现在是春天的火把
被砍断
悬在空中
寂静的
抽搐四肢
罩住一棵树　树林根深叶茂　花朵悬在空中
零散的抒情小诗像桃树　散放在山丘上
桃花抽搐四肢倒在我身上

桃花开放
从月亮飞出来的马
钉在太阳那轰轰隆隆的春天的本上

1987草稿
1989.3.14改

你和桃花

旷野上头发在十分疲倦地飘动
像太阳飞过花园时留下的阳光

温暖而又有些冰凉的桃花
红色堆积的叛乱的脑髓

部落的桃花，水的桃花，美丽的女奴隶啊
你的头发在十分疲倦地飘动
你脱下像灯火一样的裙子，内部空空
一年又一年，埋在落脚生根的地方

刀在山顶上呼喊“波浪”
你就是桃花，层层的波浪
我就是波浪和灯光中的刀

旷野上　一把刀的头发像灯光明亮
刀的头发在十分疲倦地飘动
那就是桃花，我们在愤怒的河谷滋生的欲望
围着夕阳下建设简陋的家乡

桃花，像石头从血中生长

一个火红的烧毁天空的座位

坐着一千个美丽的女奴，坐着一千个你

1987草稿

1989.3.14改

桃花时节

桃花开放
太阳的头盖骨一动一动，火焰和手从头中伸出
一群群野兽舔着火焰　刃
走向没落的河谷尽头
割开血口子。他们会把水变成火的美丽身躯

水在此刻是悬挂在空气的火焰
但在更深的地方仍然是水
翅膀血红，富于侵略
那就是独眼巨人的桃花时节
独眼巨人怀抱一片桃林

他看见的　全是大地在滔滔不绝地纵火
他在一只燃烧的胃的底部
与桃花骤然相遇
互为食物和王妻
在断头台上疯狂地吐火

乳房吐火

挂在陆地上

从笨重天空跌落的
撞在陆地上　撞掉了头撞烂了四肢
在春天　在亿万人民中间　在群兽吐火的地方
她们产生了幻觉
群兽吐火长出了花朵
群兽一排排　肉包着骨　长成树林
吐火就是花朵　多么美丽的景色

你在一种较为短暂的情形下完成太阳和地狱
内在的火，寒冷无声地燃烧
生出了河流两岸大地之上的姐妹
朝霞和晚霞

无声地在山峦间飘荡
我俩在高原　在命运三姐妹无声的织机织出的牧场上相遇

1987初稿

1988初改

1988底再改

1989.3.14再改

桃树林

内脏外的太阳
照着内脏内的太阳
寂静
血红
九个公主
九个发疯的公主身体内部的黑夜
也这样寂静，血红

桃树林，你的黑铁已染上了谁的血
打碎了灯，打碎了头颅，打碎了女人流血的月亮
他的内脏抱住太阳

什么是黑夜？
黑夜的前面首先是什么？
黑夜的后面又紧跟着什么？紧跟着谁？

内脏外的太阳
照着寂静的稻麦，

田野上圆润的裸体

少女的黄金在内部流淌

1988草稿

1989.3.15改

桃花

曙光中黄金的车子上
血红的，爆炸裂开的
太阳私生的女儿
在迟钝地流着血
像一个起义集团内部
草原上野蛮荒凉的弯刀

1989.3.15

春天，十个海子

春天，十个海子全都复活
在光明的景色中
嘲笑这一野蛮而悲伤的海子
你这么长久地沉睡到底是为了什么？

春天，十个海子低低地怒吼
围着你和我跳舞，唱歌
扯乱你的黑头发，骑上你飞奔而去，尘土飞扬
你被劈开的疼痛在大地弥漫

在春天，野蛮而复仇的海子
就剩这一个，最后一个
这是黑夜的儿子，沉浸于冬天，倾心死亡
不能自拔，热爱着空虚而寒冷的乡村

那里的谷物高高堆起，遮住了窗子
它们一半用于一家六口人的嘴，吃和胃
一半用于农业，他们自己繁殖

大风从东刮到西，从北刮到南，无视黑夜和黎明

你所说的曙光究竟是什么意思

1989.3.14凌晨3点～4点

太阳（诗剧）

（选自其中的一幕）

地点：赤道。太阳神之车在地上的道。

时间：今天。或五千年前或五千年后一个痛苦、灭绝的日子。

人物：太阳、猿、鸣。

司仪（盲诗人）

“多少年之后 我梦见自己在地狱作王”

我走到了人类的尽头
也有人类的气味——
在幽暗的日子中闪现
也染上了这只猿的气味
和嘴脸。我走到了人类的尽头
不像但丁，这时候没有闪耀的
星星。更谈不上光明
前面没有人身后也没有人
我孤独一人
没有先行者没有后来人

在这空无一人的太阳上
我忍受着烈火
也忍受着灰烬。

我走到了人类的尽头
我还爱着。虽然我爱的是火
而不是人类这一堆灰烬。
我爱的是魔鬼的火　太阳的火
对于无辜的人类　少女或王子
我全部蔑视或全部憎恨

我走到了人类的尽头
也有人类的气味——
我还爱着。在人类尽头的悬崖上那第一句话是：
一切都源于爱情。
一见这美好的诗句
我的潮湿的火焰涌出了我的眼眶
诗歌的金弦踩瞎了我的双眼
我走进比爱情更黑的地方
我必须向你们讲述　在那最黑的地方
我所经历和我看到的

我必须向你们讲述

在空无一人的太阳上

我怎样忍受着烈火

也忍受着人类灰烬

我走到了人类的尽头

也有人类的气味——

我还爱着：一切都源于爱情。

在人类尽头的悬崖上

我又匆匆地镌刻第二行诗：

爱情使生活死亡。真理使生活死亡

这样，我就听到了光辉的第三句：

于其死去！不如活着！

我是在我自己的时刻说出这句话

我是在我的头盖上镌刻这句话

这是我的声音　这是我的生命

上帝你双手捧着我像捧着灰烬

我要在我自己的诗中把灰烬歌唱

变成火种。与其死去！不如活着！

在我的歌声中，真正的黑夜来到

一只猿在赤道中央遇见了太阳。

那时候我已被时间锯开
那神。经过了小镇 处死父亲
留下了人类 留下母亲
故事说：就是我
我将一路而来
解破人类的谜底
杀父娶母。生下儿女
——那一串神秘的鲜血般花环
脱落于黑夜女人身下。
一切都不曾看见
一切都不曾经历
一切都不曾有过
一切都不存在。

人类母亲啊——这为何
为何偏偏是你的肉体
我披镣戴铐。有一连串盲目
荷马啊。我们都手扶诗琴坐在大地上
我们都是被生存的真实刺瞎了双眼。

人，给我血迹　给我空虚。

我是擦亮灯火的第一位诗歌皇帝

至今仍悲惨地活在世上

在这无边的黑夜里——

我的盲目和琴安慰了你们

而他，他是谁？

仿佛一根骷髅在我内心发出的微笑

我们活到今日总有一定的缘故　兄弟们

我们在落日之下化为灰烬总有一定的缘故

我们在辗碎我们的车轮上镌刻了多少易朽的诗？

又有谁能记清　每个人都有一条命

——活到今日。我要问。是谁活在我的命上

是谁活在我的星辰上，我的故乡？

是谁活在我的周围、附近和我的身上？

这是些什么人　或什么样的东西？！

等我追到这里

荒漠空无一人

我在河边坐下

等你等了半天

河水一波又一波

斧子已被打湿

斧子沾满水滴

暗哑的地铺上

忽明忽暗火把

照着满弓一样的乳房

那是什么岁月

我血气方刚

斧子劈在头盖骨

破碎头盖骨

从这一头飘到那一头

孕育了天地和太阳

那是什么岁月

青草带籽纷纷飘下

那时候我已经

走到了人类的尽头

那时候我已经来到赤道

那时候我已经被时间锯开

两端流着血　锯成了碎片

翅膀踩碎了我的尾巴和爪鳞
四肢踩碎了我的翅膀和天空

这时候也是我上升的时候
我像火焰一样升腾　进入太阳
这时候也是我进入黑暗的时候
这时候我看见了众猿或其中的一只
回忆女神尖叫——
这时候我看见了众猿或其中的一只

太阳王

我夺取了你们所有的一切。
我答应了王者们的请求。赦免了他们的死。
我把你们全部降为子民。
我决定独自度过一生。

赤道。
全身披满了大火，
流淌于太阳的内部。
太阳，被千万只饥饿的头颅　抬向更高的地方

你们或者尽快地成长，成为我
或者隶属于我。
隶属于我的光明
隶属于我的力量

这时候我走向赤道
那悲伤与幻象的热带　从南方来到我的怀中。
我决定独自度过一生
我像一只地幔的首领　缓慢地走向赤道。

赤道，全身披满大火，流淌于我的内部。
我是地幔的首领
一群女儿是固体在高温下缓慢流动的。
她们在命运之城里计算并耗尽你生命的时辰。

暴露在高原的外表
那些身处危险
那些漆黑的人们
那些斧子形的人
三只胃像三颗星来到我的轨道

你们听着

让我告诉你们。

你是腐败的山河。

我是大火熊熊的赤道。

你是人类女儿的伴侣。

我是她们死亡的见证。

你是惆怅的故乡　温情的故乡

你是爱情　你是人民

你是人类部落的三颗星辰

我只是，只是太阳

只是太阳。你们或者长成我

或者隶属于我

让我离开你们　独自走上我的赤道　我的道

我在地上的道

让三只悲伤的胃　燃烧起来

（耶稣　佛陀　穆罕默德）

三只人类身体中的粮食

面朝悲伤的热带吟诗不止。

让我独自度过一生　让我独自走向赤道
我在地上的道　面南而王是一个痛苦过程
我为什么突然厌弃这全部北方　全部文明的生存？！
我为什么要 娶赤道作为妻子
放弃了人类儿女……分裂了部族语言。
人们啊，我夺取了你们所有的一切。夺取了道。
我虽然答应了王者们的请求，赦免了他们的死。
让我独自走向赤道。
让我独自度过一生。

其他诗歌的杯子纷纷在我的头颅里啜饮鲜血。
我一生如昔。

是天上血红色的轴展开
火红的轮子展开
巨型火轮　扇面飞翔　滚动
赤红色光带摇晃　使道燃烧
——你在地上也感到了天空的晕眩。
我一如往昔。

我的太阳之轮从头颅从躯体从肝脏轰轰碾过。

接着。我总是作为中心
一根光明的轴。出现在悲伤的热带
高温多雨的高原和大海
我是赤道和赤道的主人
在热带的海底　海的表面
斩断了高原的五脏。
于是我在刚果出现
我的刚果河！两次横过赤道
狂怒地泼开……赤道的水……如万弓齐放
像我太阳滔滔不绝的语言

在四月和十月　我经过天顶　深深的火红的犁
犁头划过　刻划得更深
仿佛我将一只火把投进了他的头骨嘶嘶作响
那时候赤道雨啊
赤道的雨可以养活一切生灵！

仿佛我将一只火把投进了他的头骨嘶嘶作响
这是我儿子的头骨。这是我和赤道生下的儿子
我俯伏在太阳上 把赤道紧紧拥抱
我双膝跪在赤道上　我骑在赤道上

像十个太阳骑在一匹马上
十个太阳携带着他们的武器
生存的枪膛发红灼热
那是我的生殖　那是我的武器　那是我的火焰
我俯伏在太阳上　把赤道紧紧拥抱
我的儿子　我的儿子　你在何方?

那时候我走向赤道
雷在你们头顶不断炸响
我在这瞬间成为雨林的国王、赤道的丈夫
我在这一瞬间成为我自己　我自己的国王。
这就是正午时分
这就是从子夜飞驰而来的正午时分。
（地平线在我这太阳的刀刃下　向上卷曲
千万颗头颅抱在一起。咬紧牙关
千万颗头颅抱在一起仿佛头颅只有一只
地平线抱在一起仿佛一只孤独的头颅
又纠结一团仿佛扭打在一起）
我的儿子　我的儿子　你在何方?

你的头骨——那血染的枷锈

头颅旋转

空虚　和黑暗

我看见了众猿或其中一只

猿

……空虚　黑暗

我像是被谁　头脚倒置地扔入大海。

在海底又被那一场寒冷的大火

嘶嘶烧焚。

我越长越繁荣

几乎不需要我的爪子　我的双手　我的头骨

我的爪子完全是空虚的。

我的手完全是空虚的。

我的头骨完全是空虚的。

你们想一想　在赤道　在伟大的赤道

在伟大、空虚和黑暗中

谁还需要人类？

在太阳的中心　谁拥有人类就拥有无限的空虚

我是赤道上被太阳看见的一只猿。

我就是那只猿。我就是他

他出生在很远的南方
他是王国的新王
他离弃了众神　离弃了亲人
弃尽躯体　了结恩情
血还给母亲　肉还给父亲
一魂不死　以一只猿
来到赤道。
他终于看到了自己和子孙。
他看见了不该看见的东西
爬过。在他身上醒来
在一只猿身上醒来
在他身上隐隐作痛
他用整整一条命
搭起了猿的肉体
走进洞窟。仍隐隐作痛

幻象的死亡
变成了真正的死亡
头飞了　在山上
半个头　走
走向赤道

（众猿去了喜马拉雅
唯有一猿来到赤道。）

古冈瓦纳　看见自己的身体上
澳洲飞走
印度飞走
南美飞走
南极飞走
（在一片大火之上
一猿的身上飞走了四猿）

多孤单啊
古冈瓦纳

我就是他
我并不孤独！
我的核心仍然抱在一起
以赤道为轴！
以赤道为轴
（梯形和三角形抱在一起
抱成一只翠绿的猿）

我的核心仍然抱在一起

哦，黑如黑夜的一块大陆

纵横万里的大高原以赤道为轴

半个头　长成一个头

赤道将头　一劈两半

一个头　长成两个头

一个是诗人，一个是猿

作为诗的一半看见了猿的一半

猿　陷入困境　迷宫

他的镜子是人类。也是生殖和陷阱

从猿的坟地　飞出

飞向人的坟地——这就是人类的成长

这就是大地长成的过程

黑夜是什么？

所谓黑夜就是让自己的尸体遮住了太阳

上帝的泪水和死亡流在了一起。

被黑暗推过

一千年　一万年

我们就坐得更深　走进太阳的血中更深

走进上帝的血中去腐烂

我们用泪水和眼睛所不能看见的

（太阳　不分日夜　在天空上滚）

这时候我看见了月亮

我的腿骨和两根少女的腿骨，在蓝色的月亮上交叉。在无边的黑夜里飞翔。

被黑夜中无声的鸟骨　带往四面八方。

万物的母亲，你的身体是我的腿骨

无边黑夜里，

乌鸦的腿骨变成了我的腿骨。

双翼从我的脸上长出。

月亮阴暗无光的双翼

携带我的脸　在黑夜里飞翔

双臂变成空洞无孕的子宫——流着血泪

我诞生在海上

在有一瞬间

在血红的月亮上

喷吐着天空浓烈的火焰。

我的听觉　是物质　是盐　是众盐之王。

大海分解着我的头骨

肉体烧焦。

一个巨大的怀孕

滚动在大海中央。

从海底一直滚到大海中央。

太阳把自己的伤口　留在月亮上。血　在流淌鲜血渗遍我全身而成

月亮。

火把。火的惨笑的头

我们凄凉的头　聚在一起　抬着什么

铺开大地那卷曲的刃

这时候我仿佛来到海底

顺着地壳的断裂　顺着洋脊

看见了海底燃烧的火　飞行的火

嘶嘶叫着化成冰凉的血。

这是否就是那唯一的诗！？
笼罩着彻底毁灭。灭绝的气氛

是这样正在海洋中央披着人形（斧子形）
的光明和火　就是我
也在沙漠中央披着人形的蓝色水滴
就是我。假借人形和诗歌
向你们说话。假借力量和王的口吻

群女在隔壁的屋子里　唱着
一间屋子是空虚。
另一间屋子还是空虚。
（群女正在草原或海水绝壁上熏黑身子幽幽唱着。）
群女或为复仇的女神、命运女神、月亮女神
或为妓女或为琴师或为女护士或为女武神
或为女占卜者。在这无边的黑夜里
除了黑暗还是黑暗。除了空虚还是空虚
除了众女还是众女。我将她们混为一谈
我这赤道地带的母猿可以为她们设计各种时间各种经历。
各种生存的面具

收起时间的缰绳　任肉体之马奔向四方

（肉体之马聚集在太阳的刀刃上）

三母猿

鲜血　在天上飞

在海中　又回到

熊熊大火

大火在天上飞

又在海底

变成寒冷的鲜血

而入孤独山顶

在火焰中传道

在海水中传道

而入孤独血液

太阳的血污催动。万物互相焚烧。焦黑。死亡海洋也仿佛是月亮的子宫

潮汐涌动不止

这些活跃在夜间的肉。飞翔的肉。睡眠

这些心肝状　卵状　羊头状的血红月亮

照着凄凉的平原　斧子或羊皮　竖立或斜铺在幽蓝虚无的海中那就是

我们狭窄的陆地

春天吐火的长条陆地你布满时间的伤疤。

火　天空上飞的火

“汪汪”叫着化成了血

血“汪汪”叫着

血“嘎嘎”地在天上飞

她们一同离开了原始居住地的太阳

也不能再称她们为火

也不能给她们取名“飞”

她们在大海中央安顿下来。

天上飞的火　在大海中央　变成了血

光明变成了黑暗　光明长成了黑暗

燃烧长成了液体的肉

血啊，血　又开始在天上飞

（一粒种子抱住我们头）

斧子在大地深处生育小斧头。

火　变成血

天上飞的血

在大海中央

变成人的血。（一粒种子抱住我们的头）

斧子在大地深处生育小斧头

血啊、血　又开始在天上飞

由翅膀（或由天使之回忆）

构成。烧焚至今的灰烬

我们悬挂在一条命

一条血、一条火上

走向地窝子

点起灯，在那似乎是微风吹拂的时间

呜——诸王、语言

太阳在自己黑暗的血中流了泪水。

那就是黑夜。

五谷坐下来

泪水流出了身体

身体长出了河流与道路

五谷坐下来

马　在道路上飞着

泪水　带着她的影子她的锁链　在荒芜的山上飞

太阳　一夜听着石头滚动

石头滚回原始而荒芜的山上

原始而荒芜的山退回海底

谁是骆驼和沙漠的主人？

谁是语言中心的居住人？

谁能发号施令？

十二位刽子手倾听谁的召唤？应声而来

哪些泥土哪些树长成的了女人陪伴葬？

一把陶罐摔破在谁的脑袋上？

谁灼痛得遍地滚动？

谁的父亲绑在树上被宰杀？

在家乡古老的河道上飘动着谁的尸体？

谁很久以前的尸体又盖在这具尸体之上？

谁摸头　头已不在？（血肉横飞　脸也飞去）

谁所有的骨头都熔化在血液里？

谁的豹子　坐在一只兴高采烈升上天空的子宫——那是谁的子宫？

我们藏身的器皿。

谁是万物的音乐？谁是万物之母

谁是万物之母的父亲？

我所陷入的是谁的生活？

谁是和谐？谁是映照万物的阴晦的镜子？

谁是衡量万物是非的准绳？

谁是生物里唯一的鬼魂——冲涌在血中？

谁快收获了？收获玉米和我

谁是西印度群岛以南夜晚的赤道上

那漆黑的乳房？

谁让我们首先变得一无所有地出现在地平线上？

那些紫红的雪　血腥的张开的嘴

既是沉默，也是失败

正在到达午夜的千年王国深处坐着谁？

坐着怎样的王者？

杯口断裂　朝向天空
谁的鲜血未能将这只杯子灌满？
“如何成为人？”
沙漠在午夜的王　是谁？

谁是无名的国王？
渊深而黑暗——
与我死后同穴的千年黑暗是谁的鸟群？
谁的一层灰烬也与我死后同穴？

谁是无名的国王？众天之王？
在塔楼管理其他性命的是谁呢？
在六角形的星星内　在塔楼里　他是谁呢？
拥有一条线索和宿命的血　拥有全权的沙漠和海拥有埃及的书
死亡的书
在夜晚的奥秘中啜饮泪水的无名国王
你到底是谁？
你到底是什么？

谁在那百合花合拢的女人之内

谁在那最后的爪子所握住的弓箭上
谁在景色的中心
谁　仿佛一根骷髅　在我内心发出微笑
谁把我们生殖在星球的杯子里？！
我们是谁杯中的雪水、杯子内的水或流火？！
每个人都有一条命　却都是谁的命？！

谁隐生？谁潜伏？谁不表现为生命？
谁不呼唤　不移动　没有消化作用　神经系统
也已关闭？
谁站在断头台上
谁使用我们落地头颅的大杯——还有天空的盛宴？
沙漠深处　谁在休息　谁总是手执火把在向
我走来？
谁的残暴使旷野的阴暗暴露
谁马群幻觉的灵魂披散于天空
谁让众鸟裸露　交配并死亡

那些眼睛又看见了什么？！看见了谁
在褐色的高地
我不停地落入谁的灰烬？

那些为了生存的人　为了谁度过黑夜
英勇的猎户为了谁度过黑夜
谁的一只胃在沙漠上蠕动
谁拿着刀子在沙漠
只有谁寂灭方可保全宇宙的水
谁早已站在高原　与万物同在

谁的女人疲倦了　会蜕变为泥土和马
谁使我伸出双手　谁向我伸出双手
谁对抗我　崩断
我仍然要把我引向谁　引向谁的生殖和埋葬?
谁只住在午夜
像时间终端的鸣响

我已声嘶力竭
那不断来往的　不断开始和结束　难道不是
同一个秋天?
我裸露着。不停地不间断地在地平线上
叫喊着“棕榈棕榈”并把棕榈在哭泣之中当成你　你是谁?
——谁是那一个已经被灵充满的舌头
谁是被灵充满的沙漠上生长的苦难之火

谁是那一个已经被漂泊者和苦行者否定的灵？

最后我们看到的又是谁？！

合唱

告别了那美丽的爱琴海。

诗人抱着鬼魂在上帝的山上和上帝家中舞蹈。

上帝本人开始流浪。

众神死去。上帝浪迹天涯

告别了那美丽的爱琴海

何日俯伏在赤道上

水滴也在燃烧

血液起了大火

船只长成大树

儿子生下父亲

鸣——民歌手（这是他自己的歌）

在曙光到来之前

兵器库中坐满了兵器。

在曙光到来之前

我要厌弃你们

我要告别你们

孤零零

走向

沙漠

逃亡者

在山上飞

父子

在山上飞

在山上　飞不动的

是兵器　是王座

两只鹰奄奄一息

两只鹰同时死亡　葬在一起

血红色

剥落

一条条

横卧旷野

从牛取奶

从蜂取蜜

从羊取毛

回到了她的老地方

沙漠很大很偏僻很荒凉

竖起了她自己的峭壁

回到她的老地方

在此时

让上帝从她身上

取走肉体

流亡者

在山上飞

父子在山上

在山上飞

虽然大风

从北方刮向南方

草上的

三道门

只看见

父子

他们肯定只是他一人

他一人

也是父子。

万物是影子

是他们心中

残存的宫殿

流亡者

在山上飞

父子

在山上飞

儿子长成　他的兄弟

儿子比父亲要先出生

两只鹰奄奄一息

两只鹰同时死亡　葬在一起

被哪一条火焰割去
喂养哪一个子宫

父子
在山上飞
流亡者
在山上飞

回到了她的老地方
沙漠很广大很偏僻很荒凉
竖起了她自己的峭壁

合唱

太阳向着赤道飞去　飞去　身体不行了
赤道向着太阳飞去　飞去　头　不在了

岩芯　向外爆响　爆炸裂开的伤口
广大无边的沙漠从大海中升起
沙漠从海底升起又退回大海
太阳的岩石胀破了我的脸

太阳刺破我的头盖像浓烈的火焰撒在我的头盖

两只乌鸦飞进我的眼睛。

无边的黑夜骑着黑夜般的乌鸦飞进我的眼睛

脸是最后一头野兽。

黑夜是一条黑色的河。

太阳的枪管发热后春火涨漫山谷

五根爪子捧着一颗心在我的头盖上跳舞并爆裂

鸣——盲诗人的另一兄弟

头盖骨被掀开

时间披头散发

时间染上了瘟疫和疾病

血流满目的盲眼的王

沿着没落的河流走来

诗歌阴暗地缠绕在一起

春天的角渗出殷红的血

胜利者把火把投入失败者的眼眶

十位无头勇士抬着大海和沙漠

升向天空　赤道升向天空。驱赶

黑夜也汇入固定而燃烧的太阳

在悲伤的热带。在黑漆漆的　如夜的赤道。
日　抱着石头　在天上滚动。

太阳之轮从头颅从躯体从肝脏轰轰碾过。
火红的　烧毁天空的
烈火的车子
在空中旋转

我不愿打开我的眼睛
那一对怒吼的黑白之狮
被囚禁！被抛掷在一片大荒！

听一声吼叫！听一声吼叫！
我的生活多么盲目　多么空虚
多么黑暗
多么像雷电的中心

雷……王座与火轴……骄傲而阴沉
听一声吼叫！
森林中黑色的刺客
迅速下降到煮头的锅中。

内脏黑暗　翻滚过地面
太阳中殷红如血的内脏吐露：剑。

合唱

剑说：我要成为一个诗人
我要独自成为一个诗人
我要千万次起舞　千万次看见鲜血流淌
剑说：我要翻越千万颗头颅成为一个诗人
是从形式缓慢而突然激烈地走向肉体
从圣人走向强盗。从本质走向粗糙而幻灭无常的物质。走向一切生存的外表
听一声吼叫！

太阳殷红如血的内脏吐露：剑，我的剑，我的儿子。
我的儿子

我的儿子
仇恨的骨髓
愤怒的骨髓
疯狂的自我焚烧的骨髓

在太阳中央

被砍伐或火烧之后

仍有自我恢复的迹象。

我的儿子！我的儿子！

内脏黑暗　翻滚过地层

我是儿子便是宝剑的天性

软软地挂在我骨头上的车轮和兵器——是我的肉体

是我的儿子　他伸出愤怒的十指向天空责问

那些肉体上驾驶黑夜战车的太阳之人　太阳中的人到底是谁呢？

到底是谁呢？伴随了我的一生

试其刀刃光芒与残酷阴郁

那些树下的众神还会欢迎我回到他们的行列吗？！

我走到了人类的尽头

1985~1988.6.1

编后记

不同版本的海子诗选层出不穷，而我为什么还要再编选一本？主要原因有两个。

第一，海子是中国新诗史上无法回避的一座“高峰”，一个极其醒目的“地标”，至今仍有很多青年人奉海子诗歌为“精神圣经”。

近20年前的一件事我一直记忆犹新。一位大学新生刚入学时，有强烈的退学念头。而到了星期五，当我在课堂上讲到海子诗歌的时候，他就像受到电击一样一下子醒悟过来，他感到有一道锋锐的光芒照彻了他的幽暗的灵魂。于是他彻底打消了退学的念头。他从我那里借走了漆黑封面的三联版《海子诗全编》，并且在海子的感召下，一步步成为优秀诗人。当时，学院领导嘱咐我："海子是一个自杀的诗人，会不会影响这个学生的精神状态？你要多关注他啊！"后来的事实证明，领导真的是多虑了！无论海子面对多么荒谬的现实，他总是在自己的艺术王国里葆守着一份本真与纯粹，宁肯自毁也不愿被玷污。这种清洁的乌托邦精神，唤起的是积极的价值观念。正如殷国明所说，对于诗人来说，"死亡不仅具有个体生命的意义，而且拥有群体生命的意义；个体生命能够从死亡中得到解脱，但是群体生命却能够从死亡中获得警示：更深刻地认识和理解自己的生命，尽量避免再次堕入深渊。"

海子以诗歌唤起人们对自我生存状况的注视，向黑暗提出责难和抗议，揭示出个体生命中所有的苦难与疼痛、危机与自焚、分裂与毁灭，警醒人们对自己有一种清醒的认识，从而不断改变我们的生存环境。这是一种高尚的诗学理想。海子诗歌中的一系列母题，诸如"家园""流浪""爱情""生命""死亡""大地""太阳"，全方位折射出现代人的精神困境，以强烈的"卡塔西斯"（katharsis）效果，宣泄、净化、安慰了现代人的灵魂。面对海子这一面镜子，每个读者都可以触摸到自己内在灵魂的幽暗与痛苦，倾听到灵魂的悸动与呜咽。因此，很多读者把海子的诗歌视作"精神圣经"。

第二，作为承上启下的诗人，海子的诗是不可企及的时代标本。

海子处在由20世纪80年代的精英文化向90年代商业文化转型的承上

启下阶段。这种时代转型意味着在文学审美形态方面英雄史诗时代的落幕。李泽厚说："现代社会的特点恰恰是没有也不需要主角或英雄，这个时代正是黑格尔所说的散文时代。所谓散文时代，就是平平淡淡过日子，平凡而琐碎地解决日常生活中的现实问题。没有英雄的壮举，没有浪漫的豪情，这是深刻的历史观。"海子的诗歌正是个体生命苦痛与时代转型阵痛之间血泪交迸、无法媾和的文化崩散状态的表征。

其实，我对"诗缘情""诗言志"的诗歌美学传统一直抱有警惕之心。在20世纪50年代以来，这一传统长期被异化，"情"和"志"往往作为外部权力元素被植入个体，不是"我"在抒情言志，而是"情"和"志"在说"我"，个体是被悬置起来的"空"和"无"。而海子的"抒情"则是全身心的投入，并以生命作为代价，他以整个生命见证了时代语境的崩散！海子曾说："我的诗歌理想是在中国成就一种伟大的集体的诗。我不想成为一个抒情的诗人，或一位戏剧诗人，甚至不想成为一名史诗诗人，我只想融合中国的行动成就一种民族和人类的结合，诗和真理合一的大诗。"但是，历史的断裂与破碎状况决定了海子这种野心不可能实现。海子的诗歌，在很大程度上成为一种"时代绝响"，一种史诗时代崩溃的见证。因此，海子的诗歌构成了不可企及的时代标本。

本诗选以西川编的《海子诗全集》（2009年3月第1版）为底本，谨致谢忱！本书没有严格按照每首诗的写作时间进行排序，而是大致按照诗歌内部的情感逻辑和精神线索来设置。

最后需要说明的是，这套丛书的主编向继东先生向我邀约编选海子诗选时，我欣然应允，是因为向继东先生的诗学与识见、良知与包容，以及北京领读文化传媒的人文情怀，能够保证我的编选尽可能彰显出海子的精神个性与诗歌魅力。

赵思运 杭州云水苑

2019.3.31